一片丹心向阳开

——我与宁馨的故事（上）

萧芸 ○ 主编

安徽师范大学出版社

·芜湖·

图书在版编目（CIP）数据

一片丹心向阳开:我与宁馨的故事(上) / 萧芸主编. —芜湖:安徽师范大学出版社, 2017. 11
ISBN 978-7-5676-3281-3

Ⅰ.①一… Ⅱ.①萧… Ⅲ.①中国文学 – 当代文学 – 作品综合集 Ⅳ.①I217.1

中国版本图书馆CIP数据核字(2017)第262973号

YIPIAN DANXIN XIANGYANGKAI　WO YU NINGXIN DE GUSHI SHANG

一片丹心向阳开——我与宁馨的故事（上）　　　　萧芸　主编

责任编辑:盛　夏
装帧设计:王　彤
出版发行:安徽师范大学出版社
　　　　　芜湖市九华南路189号安徽师范大学花津校区　　邮政编码:241002
网　　　址:http://www.ahnupress.com/
发 行 部:0553-3883578　5910327　5910310(传真) E-mail:asdcbsfxb@126.com
印　　　刷:虎彩印艺股份有限公司
版　　　次:2017年11月第1版
印　　　次:2017年11月第1次印刷
规　　　格:700 mm×1000 mm　　1/16
印　　　张:11.5
字　　　数:190千字
书　　　号:ISBN 978-7-5676-3281-3
定　　　价:38.00元

如发现印装质量问题,影响阅读,请与发行部联系调换。

序1

一

究竟是什么时候认识萧芸老师的，什么时候和大家一样亲热地喊她姥姥的，我已经记不清楚了。回想姥姥由陌生人成为我的良师益友的过程，一切似乎都自然而然，却又不得不让人感叹生活中真的充满了机缘和奇迹。

那时候，我在中科大学生处工作，工作中认识了一些因孩子沉迷网络而焦急的家长们。在一般人眼中，能够在中科大学习，是一件值得骄傲的事情。的确，每一个跨进中科大校门的学生都在高考这座独木桥上战胜了许多的对手，但是，入学以后，他们却没有战胜自己，成了网络游戏的奴隶。学生处专门开展了一项"争夺工程"，想把这些孩子从游戏里"拉"回来。这些同龄人中的佼佼者入学后为什么会沉迷于游戏？学校该怎么做才能挽救他们？我和同事们绞尽了脑汁。

起初，班主任和家长联系，表明利害关系：如果多门功课不及格，等待孩子的只有一条路——退学。家长们心急如焚，他们无法接受这个事实，曾经那个无比优秀、让他们引以为傲的孩子如今居然面临着退学的窘境！无奈之下，他们只能选择陪读，早晨"押着"孩子进教室。可是，家长前脚离开，孩子后脚又去了网吧。束手无策的家长跟我诉说孩子不听管教的苦恼，向我讨教教育孩子的良方，而我却没有什么好主意。

当时，网络上有一个很有名气的网络脱瘾专家，我萌生了请这名专家来为学生和家长指点迷津的想法。于是，我到处搜寻他的联系方式，想请他来做报告。可是，电话、书信、电子邮件……我试遍了各种联系方式，却始终无法联系上那位专家。但在搜寻的过程中，我偶然发现竟然有一个声音在批评这名专家！我好奇地阅读了批评者的博文，发现她说得十分有道理，于是我果断关注了她的博客，并研读了她所有的博文。那就是萧老师当初的"成长110"博客。

二

姥姥博客中的很多理念都让我耳目一新，我忍不住在留言中向姥姥提出了自己的问题。没想到，姥姥竟回访了我的博客，还发表了评论！我心里突然冒出一个大胆的想法：能不能请姥姥来帮帮家长们呢？可是，她在业界已经很有成就了，姥姥会搭理我这个陌生人吗？

抱着试试看的心情，我联系了姥姥，没想到，姥姥竟一口应承了下来，还简单地就时间、地点、主题等和我进行了沟通，没有提任何条件！喜出望外的我赶紧贴海报。举办讲座的那天，学校西区礼堂里坐满了求知若渴的家长们，不仅有在校陪读、深陷焦虑的大学生家长，还有孩子正处于青春期、未雨绸缪的中学生家长，他们多是中科大的老师。甚至，还有心理咨询师特地从外地赶到合肥，聆听姥姥的讲座。

讲座结束后，家长们将姥姥团团围住，他们有提不完的问题和诉不尽的烦恼。姥姥一点也不厌烦，始终面带微笑，为家长们耐心解答。交流中我们听说姥姥正在给中学生上"心理卫生课"，我们觉得这将对孩子们十分有益，于是请姥姥给我们正在读初一的中科大附中的孩子们讲讲课，姥姥居然也答应了！

2013年2月22日到24日，"青春花语"的课程冒着厚厚的春雪走进了中科大附中孩子们的心中，姥姥讲授的"青春期心理卫生常识课"芳香四溢，如暖阳升起，融化了屋外的冰雪，也融化了孩子们心中的冰凌。孩子们评价这十节课："美轮美奂，引人入胜！沁人心脾，超级励志！"听课的孩子们都很好奇："从哪里来了一位这么理解我们的姥姥？"不知不觉间，姥姥已成为孩子们的朋友。

三

而姥姥做这一切分文不收！感动之余，我多方打听，才得知姥姥为孩子们做公益已经有十几年了。

从2002年起，通过热线和网络，姥姥免费帮助全国各地的中小学生父母矫正养育理念，引领遭遇成长紊乱的少年穿越心灵沼泽；2005年，他们发起"成长110百城义行"大型公益活动，风雨兼程20余万千米，走了100座城市，为中学生及他们的父母做了300场公益讲座。为此，她花去了全部积蓄和亲朋资助的70多万元，被誉为花光家产做公益的"成长之母"。

姥姥的生活并不富裕，为了把公益活动进行到底，她住着出租房，穷尽稿酬、退休金，甚至把退休后用来买房的公积金都投了进去。为了省下每一分钱，她的日常开支也极为节俭，袜子烂了也舍不得丢，经过巧手缝补，便添了一朵朵"花儿"。姥姥说，她就是穿着这样的"绣花"袜子走百城的。姥姥也曾心酸过，在深圳的外孙女想上兴趣班，女儿那时经济条件不好，姥姥却拿不出钱来贴补。可是，姥姥没有后悔自己所做的一切，自己的外孙女只能留待以后再弥补了。

这世上竟有这么无私的人！姥姥的纯粹让我钦佩，她的真才实学更加让我折服。看着身边一个个休学的孩子重新走进课堂，我也就理解了。我曾经陪同姥姥接待了来自浙江大学的教授，他们的孩子在成长中出了问题，都会专程跑来合肥找姥姥。中科大附中的部分学生父母，都是专家、博导，他们听了姥姥的"青春花语"课之后，也感到很震撼。他们向姥姥鞠躬致谢，并赠送了姥姥"博导导（师）"的称谓。

四

然而，随着社会上越来越多针对青少年的高价教育机构的出现，姥姥免费的公益活动遭到了质疑，"天上怎么可能掉馅饼？是不是没有真本事？"为了打消家长们的顾虑，姥姥果断决定：有偿护航，为了那些需要帮助的孩子！

护航是一个考验父母耐性的过程，如果完全义务，父母就不会太珍惜，遇到一点点反复，很容易就会选择放弃。那样，是对孩子不负责任。姥姥希望看到的，是每一位护航的孩子都能够回到正常的轨道上来，每一个护航的家庭生活中可以重新充满欢笑。只要是为了孩子好，姥姥从不考虑其他。

有的护航家庭因为之前经历了太多曲折，早已花光了积蓄。面对求助，姥姥二话不说：先护航！换季服装、水果、零食……姥姥自掏腰包给孩子寄去。有人慕名找到姥姥，要求护航，一番交谈之后，姥姥却拒绝了这笔送上门的生意："你的孩子不需要护航，有什么需要你给我打电话就行了。"

这不禁让我想起了与姥姥初识时，她在中科大的那场讲座。为了表达对姥姥的谢意，我送给姥姥带有中科大标识的纪念品，而姥姥第一时间便是征求我的意见，问我能否将这些纪念品转赠给护航家庭的孩子们，因为，"中科大标识能够激励他们向上"。

五

与姥姥交往渐渐多起来之后，我越来越被她的人格魅力所吸引。与她相识，我学会了爱，我希望自己也可以像姥姥一样，有能力去帮助那些需要帮助的人。

我是姥姥的忠实拥护者，姥姥写的几本书，我全都一字一句地认真拜读过，我非常认同里面的观点，只要身边有为孩子成长烦恼的家长，我就推荐他们认真阅读姥姥的《嘘！我们正在蜕变》《不是孩子的错——为中国少年成长辩护》《初恋不是早恋——为中国少年成长辩护》等书。我还买了两套送给女儿的老师，希望他们能从姥姥的教育理念中有所收获，没想到却间接地帮助了自己。女儿初一下学期，正值青春期，情绪不是很稳定，班主任没有像以前那样喊家长，而是直接找女儿交谈了几次，效果很好，女儿顺利地摆脱了青春期的困扰。那天女儿放学回家，高兴地告诉我，她看见老师正带着自己的女儿看姥姥的书呢。受女儿的启发，我又买了两套放进我们学校的图书馆，如果有更多的父母可以看到，那真是孩子们的福音。

我从以前不知怎样做家长工作到后来的底气十足，再到现在处理学生问题驾轻就熟，离不开姥姥对我的培养。在"魔法树写作夏令营"等活动中，我又结识了一位位志同道合的好朋友，建立了深厚的友谊。宁馨具有神奇的魔力，聚集了许许多多优秀、有趣的人，大家互相帮助，共同进步，宁馨已经成为每一位家人自我提高的平台。

这本书中收录的故事，都实实在在地发生在我们的生活中，满满的都是对宁馨的爱，对姥姥的敬。"千言万语也无法表达我对姥姥的敬佩和爱戴之情"，这是我由衷的感触，相信也是每一位宁馨家人的共同心声。

尹　红

序 2

时间：2016年8月15日。

地点：湖南湘江河畔的南枫酒店。

人物：宁馨工作室创始人萧芸导师及其团队、宁馨成长文化研习基地——丹心馆学员代表、"宁馨妈妈"、即将被授予称号的首批"宁馨督导师"、"青春花语"心理训练模式的竭诚推广者代表、护航家庭代表及宁馨志愿者代表、来自全国各地的宁馨理论的忠实拥护者代表等六十余人。

内容：宁馨成长文化品牌三周年庆典活动。

上午8点30分，活动正式开始。在主持人悉数介绍到场的嘉宾之后，宁馨团队的中流砥柱"蜗牛老师"陈春荣致开幕词，接着邀请地方领导代表为2014年和2015年的"宁馨妈妈"们颁奖。获奖者湖南妈妈邢小凤和陕西妈妈蔡忠娥，先后在台上分享了自己家转危为安的曲折故事，她们难掩激动的发言，强烈震撼了大家。接下来表彰了宁馨工作室2015年度"优秀员工"，并邀请员工代表发言。

之后，活动进入高潮，萧芸导师亲自给十名"宁馨督导师"颁证。宁馨首批自己培养的专业人才，证明了宁馨工作室是一个以人才培训为基础的专业团队。本次被授予"宁馨督导师"的十名学员，是宁馨丹心馆第一批学员，是跟随萧芸导师多年的翘楚。最为动人的一个情节，是萧芸导师带领十名新晋"宁馨督导师"宣誓。在宁馨的旗帜下，十名"宁馨督导师"庄严地举起了右手宣誓："我志愿加入宁馨督导师队伍，我虔诚宣誓：忠诚宁馨成长护航事业，发扬人道主义精神，以呵护天下孩子生命健康为己任，坚守宽厚仁慈、淡泊名利的美德修养！铭记虔诚、敬畏、纯粹、慎独的宁馨宗旨！独善其身，写好人字！兼济天下，写好义字！举起心灵的火把，温暖他人，照亮自己！为中国青少年成长的宏伟事业奉献知识和力量！"

其间，为使活动庄重而不失轻松愉悦，适当穿插了与会代表的个人才艺展示，萧芸导师也登台一展歌喉，有板有眼地唱出了京剧《智取威虎山》中李勇奇的唱段——"自己的队伍来到面前"，唱出了导师一生追求为民造福的衷肠。

最后，萧芸导师发表语重心长的总结讲话，再次阐明了自己要"倾其一生做一个真爱孩子、会爱孩子的老人"，并对宁馨团队的发展寄予厚望："只要火把燃烧起来，就永远不会熄灭！"时间在不知不觉中度过，11点30分，大家在欢声笑语中合影留念……

这是一次庆典，隆重而不奢侈！这是一组镜头，一些片段和画面，记录的是宁馨发展史上的一瞬。而借助于这样一段直笔勾勒的记录，我来告诉您，宁馨是什么——

宁馨是一个经历了十余年演变成长的机构，初始于合肥市委机关报《合肥晚报》的"心灵航线"，有六年的实践基础，然后经历了"成长110"公益援助的八年社会活动，2013年顺理成章地成为了一个专业化很强的家庭教育机构。其间，首次喊出"不是孩子的错！""没有问题孩子，只有问题家庭""只有初恋，没有早恋"等振聋发聩的口号。

宁馨是一个实体工作室，总部设在长沙，先后在深圳、杭州、合肥等城市设立接待工作室。

宁馨是一个团队，是一群经由萧芸导师言传身教、经历亲证磨炼和田野调查而成长起来的督导师支撑起来的专业团队。

宁馨是一种精神，是用温暖、宽厚、质朴、滋润的爱护航千家万户中进行青春蜕变的精灵们迈出青春沼泽的过程中所锤炼出的虔诚、敬畏、纯粹、慎独。

宁馨更是一位传奇老人的代称，她就是被称为团队"定海神针"的萧芸导师。因为她很低调，很接地气，且非常慈祥，大家都亲切地称她姥姥。谁曾想到，这位曾经耗资70余万元，开展"成长110百城义行"为青少年成长呐喊、辩护、护航的先锋人物，出生第十二天竟被视为"灾星"而遭遗弃，却又奇迹般活了下来；14岁，成为上山下乡在泥水里摸爬滚打的知青；30岁，上书请求"农龄置换工龄"，帮助全国知青争取应有的利益；47岁，毅然卸去"董事长""总经理"的光环，华丽转身成为纪实文学作家；56岁，放弃安逸生活，成为全球第一个网络夏令营"火把2004写作夏令营"的创意人和组织者，继而扛起"成长110"大旗8年，解决万余个家庭孩子的成长障碍，引领1500余名少年走出成长困扰；63岁，再次成为宁馨的带头人……就是这位被称之为"百科全书""百宝箱"的姥姥，一生从事过25个岗位的工作，搬过56次家，发表正式文艺作品和获奖不计其数。宁馨就是她一手打造起来的文化传奇，一道靓丽的风景，一个响亮的成长文化品牌，一本内容丰富的大书……

没有渲染，只有感恩！作为执笔者，我自己感觉对宁馨的了解还很肤浅。我是亲身经历过宁馨护航的直接受益者：2016年3月4日，我与妻子正式结缘宁馨，走进姥姥课堂，接受宁馨成长护航10个月。正所谓"你改变了，你的世界就改变了"，10个月后，休学蛰居在家3年之久的宝贝女儿赴国外读书……

刘今生

目　录

一片丹心向阳开

刘今生

"世间事，从来急。"2016年3月4日中午，我与妻按事先约定双双请假提前半个钟头回家，对付了几口午饭，匆匆拎包赶往停车点，坐上了奔青岛学习的长途汽车。

途中，妻偶尔自语般念叨着女儿的晚饭和周末这两天的安排。我头倚着靠背坐着，听而未答。妻把她手机微信群里刚收到的一段"传说中的姥姥"给我看。我倒是平静地读了一遍，却因"世路如今已惯，此心到处'颓'然"，加上下午乘车的困顿，更有自身反应的滞缓与理解的迟钝，其时远没有脑洞大开的顿悟和漂浮沧海突遇救船的惊喜。

我是一周前被妻说服参加此次家长培训学习的，事后得知劳苦费心、成人之美的根儿是福香姐。因为此前我与妻或共同，或分头，或主动，或被拖，或付费，或公益地参加了许多的学习和培训，有着"见多识广"后的平静，本次学习授课老师姓甚名谁我不得而知，也没有知根知底的兴趣。

当天晚上的预备课和接下来两天紧张的"青春花语"课程学习，对求"法"若渴的爸妈们来说，恨不能十八般武艺速学速成，毕其功于一役。而对于我自己，应该属于渐入佳境。

初时，一方面，姥姥和另外两位老师的讲话，带有方言特色，我不是都能听懂；另一方面，此前对"黄高峰""火把部落""成长110"等业内耳熟能详的词汇一无所知，更加上自己迟钝的慢热反应，所以一时半会儿没有感到彻头彻尾的洗礼与震撼。但是，我对课堂上一些与众不同的提法感觉值得细细品味。

比方姥姥一开始就说她的"青春花语"课程仅仅是一杯纯净水；比方姥姥强调：我们这个时代不缺乏"高大上"的理论，而是缺乏接地气的常识，家长们要保持"零期待"，永远都不要欲壑难填、自以为是；比方讲到社会规则中的因果联系，强调要虔诚、敬畏、纯粹、慎独；比方说孩子折腾、挣扎是蜕变与成长，不是错误；比方说你永远不要老盯着孩子昨天讲的话，纠结于过去的事情，否则就容易产生心理障碍；比方说母性就是用来滋养情感的，父性是用来支撑情感的，情绪的最高境界是平和、宁静；比方说青春的本质，一半是花园，一半是沼泽，我们只能趟过去，躲是躲不过去的；比方说心灵的定力是靠耐受力支撑的……

这一切的一切，姥姥说是"试行版本"，但章节有序，细致入微，遣词用句，恰如其分，循序渐进，娓娓道来，想必是倾其半生的积累，绝非浅尝辄止者所敢涉染。没有哗众取宠的渲染，没有激情澎湃的作态，甚至通俗到"多看、多听、多想、多做、少讲话"的透彻与可操作，干脆到"好言好语、好吃好喝、打开钱包、闭上嘴巴"的简洁利落、诙谐幽默……我想起了易中天先生在《百家讲坛》中的一句话："把枯燥、深奥的道理通俗科普地讲给大众，你就是大师。"此时此刻，姥姥不就是标准的"大师"吗？除了我耳不聪、脑不快和听不懂的一点点"湘音"之外，哪一字不是精雕细琢？哪一句不是既蕴含深邃的思想，又深入浅出、质朴无华？而姥姥接连数个小时毫不间断地"接地气"站立授课，其超常的肢体耐受力，让人不得不对这位奔七的老人敬佩有加！

待到听完最后一节课，再回味姥姥开篇陈述的"'青春花语'课程仅仅是一杯纯净水"，才觉知这杯水的了得。

两天的学习，从预备课开始，我一直早早地坐在第一排的最左角。未料，在晚上小结和姥姥答疑的现场，主持人孙豫老师说主动坐前排的我，听课认真云云。接下来挑选代表分享心得，我再次有幸被选中，于是我开口道："头天晚上一开始，当屏幕上出现湖南湘潭（姥姥籍贯）字样时，我耳边响起了湘潭老人掷地有声的话语：我们来自五湖四海，为了一个共同的革命目标……"那一刻，我正巧发现姥姥冲我微微一笑，那笑容是两天紧张的课程中除坚毅果敢、沉着自信以外少见的。接着我略谈了对姥姥课堂接地气的感觉，陈述了自己因迟钝、慢热不能立刻全盘吸收的实情，表明了回家后继续努力消化的态度，也有幸自己提出的稚嫩问题被姥姥一一作答。

有了不断加深的体会，我和妻感叹于之前的有眼不识泰山，课间我和妻早已商量，报名接受护航。

3月9日，我与妻再赴青岛，和姥姥进行了一下午的面谈。姥姥还是一如既往平和地开言："你们两位首先要有信心，护航孩子对我来说就像做家务，不是新课题……"姥姥的话语就像在黑暗中燃起了一盏明灯，从容镇定，沉稳冷静，超然自信，无须你猜疑，毋庸你顾虑。其间，泪点不高的我一次次眼圈发热。面谈尚未结束，姥姥早已替我们虑起返程的时间和独自在家的女儿……

若干天后，我收到工作室寄来的"面谈纪要"和"指导计划"，其文笔之犀利，用词之精准，让人不服不行。分析鞭辟入里，批评入木三分，让人痛却不气馁。肯定优点、长处暖心宜人，揭露缺点、短处刻骨铭心，不矫情，不做作，铿锵有力，不拖泥带水。说我的优势"是一个诚挚、善良、厚道、内敛、勤勉、执着的社会人"；劣势是"情感感悟与表达比较粗糙、生硬、笨拙，大男子主义，虽情感真挚但未能妥帖地滋养妻女"——我看了就一个字：服！记得"宁馨苑"中怡悦妈妈也发过类似的分享，即把"面谈纪要"和"指导计划"作为每日必读，于我心有戚戚然。若不是顾虑女儿翻阅，我肯定复印一份作为床头读物。再后来，一直到现在，品读着姥姥博客和微课里的文字，真是余音绕梁，美哉快哉！

姥姥不以本人笨拙为不才，交由孙豫老师"索稿"，让我将护航日记中父女间几处生硬的所谓"戏说"汇集整理。我恭敬不如从命，后被共享群中，得到姥姥和众父母们的抬爱与鼓励。

接下来，姥姥向护航家长优先敞开丹心馆招收新三期学员的大门。在"虔诚、纯粹"理念的指引下，我积极报名，然后打字填表，又东拼西凑完成了首次关于"种姓探源"的作业，一下被姥姥给了个"A＋＋＋＋"！盛名之下其实不副！我只是难舍虚荣追求完美一改再改而已……

之后的微信交流中，姥姥仍是平静坚定地希望我"能像翠萍老师一样，做一匹加快消化丹心馆课程的黑马，尽早完成自我的蜕变，从一个普通的爸爸变成宁馨工作室能给大家护航的爸爸……"姥姥通篇以"您"字相称，间有"抱拳"相送，令我担当不起、无地自容。

真正让我心灵颤动的是姥姥后面的话："宁馨现在求助者井喷，姥姥和蜗牛远远无法应对！……"一个以天下为己任的老人，爱心何其博大！襟怀何其坦荡！相比"皮袍下藏着'小'"的我，还能说什么呢？我陷入沉思。

考虑再三，我慎重向姥姥表态：应当不考虑丰歉，只管眼下耕耘，尽己所能，把握当下，见缝插针抓紧学览，以课业促深思，交作业得指点，珍惜姥姥的垂爱和老师们的帮助，博览丹心馆众多学长之精华，不跑偏，不走火，义无反顾试着朝前走。

诗人说，弓既然举起，就要射出有力的一箭，船已经起航，就应该乘风破浪。当有一种力量促使你腾飞的时候，你不应还在地上爬行。死水也会再生波澜，只要有风。

当我再次回味我与宁馨接触的每一点滴，尤其是脑海里浮现出极其传奇、坚毅、慈善的超人姥姥，想到炽热熔炉修炼灵丹，我忽然念及了阎肃老先生的经典力作："红岩上红梅开，千里冰霜脚下踩，三九严寒何所惧，一片丹心向阳开……"

也许，当我正搜肠刮肚拼词凑句讲述"我与宁馨的故事"的时候，故事才刚刚开始……

姥姥絮语

小晴爸爸是宁馨爸爸的典范。"鲁一期"结束回家，他每天晚上陪女儿泡脚，然后给女儿搓脚。女儿的脚热了，心儿就热了，接着女儿展开梦想的双翅，飞去了大洋彼岸，成为一名优秀的中国留学生。

为宁馨接力，许孩子未来

艾　斯

"你给我滚出去！你出不出去？你不出去，我不上课了！"在英语老师的呵斥中，小成低着头，挪出了英语教室。

三十年过去了，我还依然记得。虽然早已记不起那位英语老师姓甚名谁和当年小成被赶出英语课堂的具体原因，但是，我依然记得小成怯怯的神态。

三十年后同学聚会，提起小成，有人已没有印象，有人说他高中都没上，最后回了家，务农，结婚，打工，生子。

大家都说小成当年很聪明，很努力，也很热心。

但是，生活使他变成了另一副模样。

其实，毁掉一个人，特别是一个未成年的孩子，非常容易。

所以，当我在网上认识萧老师，知道她所从事的工作，我就想起了我的同学小成。

做了父母十多年后，我才慢慢地感受到我们需要尊重父母、成人与孩子之间的这种关系。这种关系其实是整个社会最基本最原始的关系；这种关系凌驾于一切别的关系之上，所有的权力、金钱关系都应该臣服其下。但是，在现实生活中，这种关系被很大程度地本末倒置了。在成人与孩子的关系上，孩子无疑处于弱势的一方，成人可以用辈分、年龄、身体力量、权威来欺骗、欺侮、打骂、惩罚弱势的孩子，为所欲为。在当今这个缺乏耐心，同时充满竞争的时代，孩子被严重地忽视了。

所以，当我接触到萧老师及其宁馨团队之后，我看到了许多受过伤害的孩子舔着自己的小伤口慢慢成长起来。我们无奈地看到，因为人均自然资源、教育资源、环境资源等的限制，许多孩子不能自由、健康地成长。

任何国家对孩子的关心应该是永远放在第一位的。在教育方面，他们不应该只学语言算术，而应该享受着绘画、音乐、烹饪、木工、体育，因为他们最终必须面对生活而非课本；孩子们不应该朝九晚五坐在课堂，而应更多地活动在操场、街道，向生活学习；孩子们更应该思想自由，而不应该被所谓的标准答案变成思想高度统一的机器。

正因为如此，我很高兴地看到宁馨正在做着类似的补救工作，而不是抱怨，因为抱怨于事无补。

而我，愿意帮宁馨做这样的接力，将孩子们接到一个不同的教育天地，给他们一个新希望。正因为如此，我们将会高兴地看到，当孩子们拥有未来的时候，金钱还有其他世俗的力量会逐渐失去魔力，因为世界需要互补，需要希望。

姥姥絮语

艾斯老师一直在援助宁馨，成为"宁馨娃"飞渡太平洋的桥梁，在异国他乡陪伴"宁馨娃"生活学习。他是"宁馨舅舅"1号成员。

宁馨护航，阳光照进了我们家

蔡忠娥

女儿生下来就像父亲——黑。从小到大，很多人见我女儿就说这孩子一点不会长，像爸爸一样黑，和爸爸一个模子，没有像妈妈一样漂亮。而作为母亲，我竟也是默默认可，没有从另一个角度去肯定女儿。于是，别人不好的话语就在女儿内心深深扎了根。女儿经常说到漂亮女生在校受欢迎的事，认为自己长得丑，不好看，不受欢迎。从懂事开始，女儿就特别注重外表，喜欢化妆，而爸爸又极度讨厌女儿化妆，经常指责她。于是，女儿不自信，否定自己，不认可自己，"丑"成了女儿的心病。当我意识到这种心理暗示影响到女儿成长的时候，再去肯定女儿，已经没什么作用了。

女儿高三那年忽然情绪紊乱，无法正常学习，被医院诊断为抑郁症。当时，周围的人都认为女儿精神出问题了，必须住院治疗，而女儿不愿意。于是我们骗了女儿，女儿在医院就乖乖地配合，状态一天比一天好，一个多月就出院了。

可是回到家，女儿就不配合吃药，不到十天家里就硝烟弥漫，打、砸、骂、疯跑、吃不下、睡不下……没有办法，我和孩子爸爸又骗女儿说带爷爷一起出去玩，女儿坐在我和爷爷之间，快到医院时，女儿发现不对想下车，我们挡着不让下，再次将女儿骗进了医院。

这两次之后，孩子不再相信我们，看我们时都是仇恨的眼神，出院后再也不让我们靠近，稍走近些，女儿就立刻走开，基本不和我们说话了。在家看着是吃药了，其实很多时候都偷偷吐了。孩子神志不清，有时在一个地方几小时走个不停，或者纠结不前，愁眉不展。有时偷跑出去，什么也没带，我们找不到，干着急。女儿从不求助，站在一个地方好几个小时不动，就那么傻傻地站着。有一个下雪天，一位摩的司机打电话说看见女儿在那里站了一下午没动，他多次询问，女儿才说了电话号码。幸亏每次都遇到好心人，我们才找到女儿，揪心呀。

医生们都说孩子需要吃一辈子药，能保持现状就很好了。可孩子压根就不认为自己该吃药，认为我们都在害她。一位朋友知道了我们的情况，向走投无路的我们介绍了萧芸老师。萧老师是研究青春期频发的"少年抑郁症"的专家，有很多治愈案例，尤其是她将自己被诊断为"重度失忆性抑郁症"的女儿培养成了少年作家，让我看到了希望。于是，我像抓到了救命稻草，决定立即见见萧老师。

2015年大年初二，我和孩子爸爸带着两个孩子到深圳见了萧老师。第一次见面，萧姥姥就给了两个孩子一人一个大红包，还有一人一个大大的菩提子。一个祥和、慈爱的姥姥，在那时就给女儿种下了爱的种子，姥姥在两个孩子心中都留下了深刻的印象。姥姥给女儿取了"春丫"的化名，祝愿孩子像春天的万物，能够获得顽强的生命力。

护航面谈中，萧老师要求我们必须改变和爷爷奶奶住在一起的局面，回到家纠结了半个多月，我都没有行动。女儿随时都在准备逃跑，随时都有状况，我不敢想象一个人如何承担得起照顾女儿的责任。两位老人年龄都大了，我们出去了老人怎么办？知道了我的顾虑，萧老师及时给予我力量，打开了我的心结，我们终于搬出来了。搬进新家，两个孩子都非常开心，离开城中村，我们的心情也开朗、舒坦了。

没想到搬进新家没几天，由于我的疏忽，忘记了关门，女儿就走失了。我当时特别惊慌、害怕——闹着搬出来，这下把女儿丢了，怎么向老人交代？我立刻给萧老师打电话，萧老师教给我寻找方案，慌乱的我才有了点头绪。这次，女儿又一次被110送到了医院，家里老人坚决要女儿住院三个月，好好治疗。萧老师见这样，就让我们听家里的，暂时停止了护航。

可是，在医院治疗两个月后，女儿的状态更加糟糕了，竟失语、木僵了……医生建议我们出院回家休养。不到三个月，我们接回女儿，重新请萧老师护航。

只是，女儿这次被彻底伤害了，不语，迷糊，不怎么吃饭，回来也听话吃药，躺在床上，整个人就是仅剩一口气，对什么都是冰凉冰凉的，没感觉，眼睛恍惚没神，低头什么也不想看。女儿问话多遍毫无反应的那种消极、落寞的神态，让我心如刀绞。

随着老师的跟踪指导，过了一段时间女儿开始出去，但一走三停，还是对什么也不感兴趣，但毕竟走出去了，这就是好事。女儿这种情况离不开人，说是逛街，我压根什么都不能看，只能紧盯女儿的身影。女儿爱去市中心，随着女儿行走越来越自如，我更是需要有安全意识。萧老师说好事，娃出去跑，出汗，跑出"内啡肽"，对身体有益。听到这样，再辛苦，我也要带女儿出去。看着女儿的身影我心酸、难过，但是，这时的我没有难过的权利，我要听老师的话调整好自己，乐观面对。妈妈的笑脸就是孩子的太阳。

女儿再一次开始戒药，开始挣扎，那是一个无比痛苦的过程，女儿经常会跌倒，甚至手握不住东西，会身体抖动……我非常恐慌。萧老师说，服药期间，孩子的免疫机制被药物控制，现在不吃药了，免疫机制处于紊乱状态，需要一定的时间才能慢慢恢复。坦白地说，第一周期我看到效果不明显，带着女儿让我疲惫不堪，每天的邮件让我觉得无聊费事，就不想护航了。最重要的是，经济对于我们来说是个大问题，女儿出状况后所需的费用不菲，我们过去创业本来就有债务，现在家里更困难了。我提出了不再护航，萧老师没有接我的话，而是说："春丫必须继续护航，她还有救。等孩子好了，妈妈工作了，再交费，你离开宁馨就很难坚持……这样你们会害了她一辈子。"就这一句话，感动了我，我看到了希望，可以不收钱先护航，这足以说明萧老师的大爱。她不缺护航家庭，而我们是烫手的山芋，老师在整个护航过程中，从不嫌弃我女儿，总是在很糟的情况下给我指出女儿的闪光点，让我看到希望，有了坚持下去的力量，我作为孩子的母亲时不时就灰心了，真是惭愧。我还比不上姥姥爱春丫。我的心渐渐沉静下来。就这样，每天都依靠姥姥提供的"内啡肽"，我才搀着孩子，一小步一小步地前进，直到今天。

现在家里的日用品都是孩子爸爸买回来的，我带着女儿一天下来，十分疲倦，经常就不由自主没了精神，压根就没精力再出去购物。而且只要我出门女儿就要出去，我就别想再买东西，女儿不知几点才能回家，我提着东西跟着实在不方便，出去时也总是减少随身物品，以便跟上女儿突然奔跑的脚步。萧老师时时给我打气，给我说"宁馨妈妈"的故事，给我前进的力量，化解我每天的辛苦。

同时，萧老师也开始根据我们家的情况，帮我减少生活压力。从2015年夏天开始，萧老师就给我女儿快递衣服、食物和家用小电器，那时的我是冷的，对萧老师给予的关爱不怎么在意，女儿也没多少感受。但萧老师不断的快递，给了我意想不到的帮助，我开始有了感觉，萧老师爱的滋养温暖了我，慢慢地，女儿也有了感觉，有了变化。萧老师时不时的快递就是我和女儿的"内啡肽"，我们搬出来，基本就与世隔绝了，家里也没谁会想到我们需要什么，基本没有人来看我们，我也不喜欢给他人带来麻烦，大家都知道女儿的情况，谁也不想自找不开心。没想到萧老师会像妈妈一样，甚至比妈妈更细心地爱着我们。萧老师说："宁馨就是你娘家"。听到这句话我激动得眼泪汪汪。萧老师从作业中洞察到我们的所需，总是第一时间就快递来了，烤箱、打蛋器、酸奶机……容不得我拒绝。说实在的，家里很多东西我是没精力添置，还有总想着能省就省，萧老师要求我们给孩子喝农夫山泉水，我们一直没有行动。那时，萧老师在湖南开课，时间安排得很满，但百忙之中为了让我孩子喝上农夫山泉水，她在群里发红包给其他家人在网上购好快递给我们，萧老师比我们还爱我们的孩子，她用生活中的行动表达了对孩子的爱。

萧老师经常发红包给两个孩子，到后来我都不好意思让孩子们打开了，很多次见到萧老师的红包，总不是第一时间打开，犹豫好久还是忍不住拿给孩子们看，然后打开。我是自私的，我还是想给孩子们带来快乐，孩子们见到红包就开心地笑了，于是我就不再犹豫了。尤其是春丫这孩子，就认准了姥姥是最信任的亲人。爷爷、奶奶、舅舅、小姨的红包都不接，唯独会接姥姥发来的红包，每次都非常开心，会跳起来。

知道这边该换季了，萧老师就把我女儿的衣服快递来了。这一年多，女儿的衣服基本都是萧老师买的。女儿就喜欢姥姥快递来的衣服，每次穿上就在穿衣镜前开心地照来照去，慢慢地，女儿爱美了，开始对衣服感兴趣了，没事换来换去，到镜子前欣赏自己，真是太好了，能专注一件事了。萧老师知道我女儿不爱吃饭，就快递来了点心，好让孩子饿了就有吃的。萧老师虽然离我们很远，可一直让我没有距离感，就好像在我身边。日常所需萧老师总是已经下好订单，才给我留言注意接收。萧老师把我多半的生活都负担了，她告诉我，我只需要全力以赴照顾好孩子，我现在是弱者。

萧老师这样温暖着我，慢慢地，从她那里我也学会了付出爱，虽然力量微薄，但我也有了爱的能力，对公婆，对孩子爸爸，对身边的人有爱心，就从改变自己开始。这时我才悟出老师作业的魅力，随着每日的累积，我也在慢慢改变。女儿出了状况，我也看了许多心理学的书，知道要给女儿生活带进阳光、带进爱，可我不知道怎么做，好迷茫。在宁馨这里，没有谁告诉我该怎么做，没有谁给我一下灌输一大堆理念，而是用行动日复一日教会了我。一次次快递来的都是老师的爱心，一次次作业回复都是心理疏导，是前进的动力。

春节前女儿又一次蜕变，非常复杂，萧老师为了让我有安全感，要求一天一次作业，便于我处理女儿的突发状况。每次春丫情绪暴躁，我受不了想放弃的时候，老师就鼓励我："这就是春丫的挣扎，是觉悟的行为，接下来的一周，她会有好状态……"果然，下一周，春丫就有了相对平和的状态。这样一次次的情绪暴躁后，春丫终于丢掉了坚硬的外壳。

护航让我越来越有力量，竟敢一个人带女儿出远门了。当萧老师知道女儿有外出的想法时，就快递来了宁馨旅行箱，果绿色非常有生命力，女儿很是喜欢，出门居然帮我拖着行李箱。萧老师让我随时发信息告知到了哪里和女儿的情况，叮嘱我保持电话畅通，注意节约用电。一次在广东，我买好了回家的火车票，女儿突然情绪失衡，跑下了火车，我拖着行李追，真的吓坏了，异地他乡的广州、万人广场上来来往往的人群本来就让我发怵，女儿再跑丢了，不敢想象。我立即给萧老师打电话，没一会萧老师回复我，要我找到广东这边的一位家人——余穗君，她马上就过来了，让我随时注意电话。女儿那会不知道为什么就是要逃离这里，要坐公交车，在人海中、车流中穿行，我拖着行李，想要安抚女儿，但那时的我也在恐惧中，实在不知道该说些什么。好在我们还没上公交车，余穗君就与我们会合了，真是及时雨啊！她还给我女儿带了礼物和吃的，我的心终于落地了。其间，萧老师多次给余穗君打电话指导我们，告诉我们如何安抚女儿情绪让她平和下来，萧老师不想浪费我的话费和电量，知道我漫游充电不方便，更不想因和我通话，给女儿带来恐慌不安，她考虑得太周到了。温暖的余穗君默默地陪着我们，上车、下车，走到哪跟到哪，还帮我们拖着行李，方便我跟上女儿。就这样，夜深了，女儿也平和了，愿意听我们说话了。女儿要坐飞机回家，我们就订了第二天早上的飞机票，余穗君把我们送到飞机场附近的宾馆，帮我们订好房间住下，还陪着我们坐了一会，等她回到自己家已经是凌晨了。这期间，家人付出的是爱，一种无言的爱。萧老师一路呵护直到我们安全到家，正是这种爱的滋养，我越来越觉得温暖，家里也越来越温馨。

从广州火车站事件开始，女儿慢慢开始说话，慢慢恢复记忆，能清楚表达自已的意愿了，我心安了很多。萧老师说，妈妈的平和就是女儿的定海神针。有时当女儿有什么不舒服，我不知道说什么，不知道怎么安抚女儿时，我就说姥姥也有个女儿，像你这么大时也有过和你一样的经历，所以姥姥特别喜欢你，心疼你，爱你。姥姥知道你现在处在青春期，会有好多不舒服，这些都是正常的，就像毛毛虫蜕变成蝴蝶的过程，扛过去就好了。随着护航的深入，宁馨家人对我们有了更多的了解，于是有更多的家人为我们付出了爱，云南的鲜花饼、南方的点心、衣服、红包，给女儿带来越来越多的惊喜、快乐。慢慢地，女儿会对我笑了，眼睛有神了，头也慢慢抬起来了。

随着女儿的好转，我也在想着能做点什么，便私信蜗牛老师订购萧老师的十本书，没想到来十本送十本，竟然还不收我的购书费，宁馨家人对我就是这样无条件地付出。在陪伴女儿期间，我们很少有语言交流，也没有时间与外界说话，我就和几个宁馨家人私信、通电话，这件事情被萧老师知道后，她就以一个母亲保护自己孩子的姿态，在群里呼吁家人不要打扰我。事实证明老师是对的。正是老师"看"到我电话太多，对孩子疏于照顾，会引发孩子暴躁的情绪。我不能任性地把精力花在与家人倾诉上，每天的作业就是最好的倾诉渠道，有时间要休息调整自己，因为女儿的蜕变随时都会发生，我的第一责任是储备精力照顾女儿。

知道我到了疲劳低潮期，萧老师专门找了位家人陪伴我，帮我渡过低潮期。老师看到女儿画的画，在群里分享，家人都为我女儿的进步而开心，都发红包给我女儿买绘画用品，看到手机里铺天盖地的红包都是给她的，女儿有点懵了，愣住了。当好多彩纸、素描本、笔寄到的时候，女儿开心地将它们摆满桌子，看着一桌子的物品笑了。原来这就是阳光，这就是爱的滋养。感恩家人，感恩萧老师，给我们带来阳光，带来爱。

过去，我们基本没关注过孩子爸爸的生日，今年不一样了，这一天我接到5个快递电话。我们没订什么，但我知道肯定都是宁馨给女儿的，一次次电话使我的心不由自主地激动、喜悦起来，一天都飘乎乎的，对女儿笑着说我们都跟着你沾光，好幸福，这些都是姥姥她们给你的。晚上，孩子爸爸抱回一摞快递，女儿兴奋地围上去，拆着快递，开心地拿着家人寄来的裙子、画册不放手，还想拿吃的，又舍不得放下手里的，于是就抱起来了。我也开心极了，当想起回复家人时，打开手机看到群里铺天盖地的祝福，都是祝孩子爸爸生日快乐的，还有老师和家人给孩子爸爸的红包，我拿着手机兴奋地让女儿和孩子爸爸看，一边游戏的儿子都被我们的开心感染到了，也看着我们笑了。第一次享受到这么浓浓的爱，我晕乎得不知该干什么。感恩宁馨，让我们感受到什么是幸福，什么是爱。一人护航，全家受益。

就在最近，女儿忽然开始了乱撕，撕完自己的书，再撕弟弟的书，我心疼，就偷偷收起好多。萧老师知道了，对我说全给孩子，让孩子撕，撕也是一种释放，应该支持，撕完再买。而我看到女儿撕了家人的爱心，感觉是一种不敬，写作业都没敢写女儿撕书的事，还是老师问我，我才说了。非常奇怪的是，女儿拿书撕的时候，其实不是紊乱的，而是意识很清晰的，凡是遇到姥姥的书，她就会跳过去。我们家的书，除了儿子藏起来的课本外，春丫伸手可得而幸存下来的书，就只有姥姥的书了。春丫不撕姥姥的书，是因为她对姥姥心存崇敬。

宁馨家人就是这样滋养着我们全家，让我们的孩子感受到爱，让我们享受正常家庭的天伦之乐。像我们这样的家，一个母亲每天面对着两个孩子的折腾，如果不是萧老师和宁馨家人，我早已经垮了，女儿更是无法想象。萧老师为了让我有足够的精神、足够的"内啡肽"，总是在花着心思给我阳光。

因为萧老师，我们全家有了新生活。女儿在萧老师的护航下慢慢减药到停药已经半年了。从木僵不语、迷糊不清、惶恐不安，到现在情绪平和，偶有脾气，与我们有了对话，开始表达自己，有了正常人的情绪，这对于我们简直就是神话。我与宁馨的故事说不完，再美的语言也不足以表达我的感恩之情。在这里我代表全家感恩萧老师，感恩每一位帮助过我们的人，感恩宁馨，是你们成就了我们的家。

回想萧老师一直以来对我和女儿的跟进，给了我希望、曙光。女儿的明天会越来越好，我始终坚持这一信念。愿我们都用爱心滋养我们身边的人，用善心、善念、善语拥抱每一个与我们有缘的人，让世界更美好。

姥姥絮语

又是一年过去了，春丫已经稳定了情绪，开始有了许多清醒的觉知。她不仅成功戒掉了药物，而且已经开始正常的生活了。这是一部关于宁馨蜕变的传奇。

2016，一场生命的蜕变

道道妈妈

儿子呱呱坠地，他是全家人的掌上明珠。

然而，我万万没有想到，儿子初一时竟然会选择休学，2016年3月，复学后坚持了半个学期，他再次放弃了学业。

孩子休学，天塌地陷；孩子休学，父母无地自容。我再一次跌入了无助、困顿的冰窖里。

但是，老天真的很眷顾我，在我身处绝境之时，送来了萧姥姥，这是一位慈眉善目、温柔可亲、笑起来可以融化你的老人。

2016年3月，春天的气息已经扑面而来，我却仍然心如寒冬。复学后的孩子，在坚持了半个学期之后，又一次选择了休学。此时的我，叫天天不应，叫地地不灵，近乎绝望，我只能眼睁睁地、无奈地接受这个结果。回想起过去的经历，孩子初一只上了两个多月，就选择了不去上学，每次孩子鼓起勇气要返校上学，但仿佛身后有一只无形的大手紧紧地抓住他，让他无力前行。我也从最初的焦虑不堪，到整夜失眠，再到疯狂地在网络上寻求解决方案……我和爱人因为各种理念的不同，也到了濒临分居的境地，80多岁的公婆因为孙子不上学而整天愁眉苦脸，身体每况愈下……

人到中年，之前一帆风顺的我面对着一个又一个沉重的打击。起初的日子每天都如履薄冰，慢慢地，我也接受了这样的生活，开始从内心怜惜孩子，感受到自己痛苦的时候，孩子一定比我还痛苦，这种心疼和怜惜暂时给了孩子一个空间。我开始参加各种学习、考试，也和国内的一些大师们有过近距离的接触，试图找到一条能爱护孩子、拯救孩子的路。可是，很遗憾，真的没有！直到遇到了萧姥姥，我是如此幸运，我的人生、孩子的人生在这一刻开始蜕变。

3月是希望的季节，既有乍暖还寒的凉意，也有阳光明媚的温暖，我带着一颗虔诚的心去参加鲁一期"青春花语"课。我人生中第一次独自开车近3个小时，一路上回想着走过的路，想着日子像是在裹满了泥巴中难熬，我泪如雨下，此时的我又一次站在了悬崖边，萧姥姥会是灯塔吗？会是孩子的救星吗？

出门前，我把萧姥姥微课上的内容郑重地写在本子上留给孩子，萧姥姥说："青春期的孩子遇到了雨季，别怕，有姥姥在，一定会带着他们趟过去！"儿子看到妈妈如此坚决地去学习，也贴心地叮嘱妈妈要注意安全。

3月4日的晚上，我第一次见到了萧姥姥，她慈眉善目、笑容可掬的样子深深地印在了我的脑海里。她不是传说中的严肃学者，不是意得志满的名人，仅仅是一个慈祥的"娘"的形象。我没有失望，反而非常笃定，因为我见过了太多的名家和大家，气场震撼，但是不接地气，虽然可以让我热血沸腾，却找不到拯救孩子的具体方法。之后的"青春花语"课，让我进一步加深了对"娘"的认知。

萧姥姥可以连续站着4个小时滔滔不绝、妙语连珠、声如洪钟般讲课，竟然还不用去洗手间，这该有多大的耐受力，身体素质该有多棒啊！这哪里是已经65岁的人呢？我的敬佩之情油然而生！萧姥姥从社会与人生讲起，讲到孩子的天性、个性，再讲到情感、情绪、耐受力、蜕变，以及青春期男生、女生的不同，再讲到审美的力量……这是我从未涉猎过的领域。我印象最深的是那一幅画，画面上是一条在绿树丛中盘山的公路。萧姥姥说，孩子暂时的停留是为了更好地起飞，家长要耐心地陪伴和等待，这不正是我家最真实的写照吗？儿子经过了半年的学习，他累了，需要放慢脚步调整休息，等身心被滋养之后就会一飞冲天。

最后，萧姥姥告诉各位家长一定要记住十六字原则："好言好语、好吃好喝、打开钱包、闭上嘴巴"。你的好言好语、好吃好喝保护了孩子的天性，打开钱包是人性的温暖，因为每个孩子都是最珍贵的，所以你要闭上嘴巴让孩子发展属于他自己的个性。只有当天性、人性、个性都得到滋养的孩子，才能发挥他的灵性。你真的爱孩子吗？如果你的回答是肯定的话，那就回家从"十六字原则"开始做起吧。我被萧姥姥的课震撼了，牢牢记住了"十六字原则"，返程的路依然是独自开车，但因为有萧姥姥温暖的爱而显得格外顺利。

我回到家以后得知，萧姥姥的护航名额已满，为了保护姥姥的身体，我家暂时无法排进护航队伍里去。所以，我严格按照"十六字原则"，先从一点一滴做起，关注着群里的动态，有萧姥姥的留言都会认真执行。比如，青春期的孩子需要鲜花的滋养，我就马上去买了花瓶，每周都会买玫瑰、百合，还有叫不上名字的各种绿色植物，我还会把盛满鲜花的花瓶放在儿子的电脑边，让他在静养身心的同时感受着鲜花的芳香。后来儿子和我说："你的心意我领了，花就不用买了吧！"我说："萧姥姥护航必备40条，我都打印出来了，我要认真执行，妈妈有坚定的信念，也请你相信妈妈，一定会把你带出来，你的未来一定会非常美好！"

之后的日子，我每天上班都会带上萧姥姥的经典著作《嘘！我们正在蜕变》，只要有空就会拿出来认真看，看着看着就会不自觉地流泪。我在阅读着每个护航家庭经历的同时，也感受着萧姥姥的大爱，特别是萧姥姥把自己的女儿——一个休学的女生培养成少年作家，萧姥姥用她母性的温暖托起了一个生命。

从春天一路走来，烈日炎炎的7月，我家终于开启了护航之旅。萧姥姥为了保护孩子的隐私给儿子取了化名——道道，有道道通途的寓意，希望孩子可以早日找到属于自己的路，这既是一份美好的愿望，也是一份祝福。我也以道道妈妈的身份给萧姥姥回信："亲爱的萧姥姥，您好，我是道道妈妈，第一次给您写邮件，您辛苦了，如有不妥之处，请您告诉我，谢谢！"萧姥姥的回复直到现在我还记忆犹新："很好！总算开始了！"此刻，我的人生之旅就已经开启了新的篇章，这是我后来才体会到的！第一封邮件记录了家里的流水账和琐事，当邮件发出去之后，我心中一直很忐忑，又盼望着回信，就像小时候过年想吃棒棒糖一样，充满着甜蜜的期待。当看到蓝色的和红色的回复，我脑海里都是姥姥专注批改邮件的样子！

7月13日早上，我按照蜗牛老师的安排，坐上了日照开往合肥的大巴，近11个小时后，终于到达了合肥。旅途的辛苦我已无心顾及，心中升起的希望在不停地燃烧。14日，我早早起来，洗头、洗澡、敷面膜，希望自己能以一个崭新的面貌出现在萧姥姥的面前。合肥市绿城桂花园小区道路两边绿树成荫，我不禁感叹姥姥的良苦用心，在这炎炎的夏日一路走到工作室，每个妈妈的焦虑心情都会因为怡人的景色而有所缓解。

再次看到萧姥姥的时候，没有拘束，我的心情很放松。当穿着红绿黄白条纹相间的短袖T恤、披散着头发（头发没干）的我坐在萧姥姥对面时，姥姥直接告诉我，网格条纹不合乎母亲的着装规范，让儿子看着不舒服，你还披散着头发，快扎起来吧。当姥姥知道我还考过了心理咨询师，她的语气更加严厉了："就你学的那点皮毛，能带出孩子吗？你看看我刚才给你拍的照，唇角朝下八字，你还是满腹心思的负能量啊。"我的心一惊，是啊，自己经历了这段难熬的日子早就没有了光彩。只是，言词如此犀利，这还是那个我心中景仰的姥姥吗？

当头的一顿棒喝让我带着疑惑进入了面谈的正式环节，萧姥姥把宁馨护航最重要的精髓写到了纸上，一边念一边给我讲解，然后郑重地把每一页纸用双手递到我的手上，既有责任又有重托，这关乎一个孩子的未来，也关乎一个家庭的幸福。此时，姥姥在我的眼中又变成了慈爱的妈妈，特别希望自己的孩子可以好好地学会、理解。刚才的疑惑顿时烟消云散，姥姥是用这样的方式让我觉醒！萧姥姥，这份深沉的厚爱我感受到了，谢谢您！当姥姥犀利的眼光觉察到我内心的矛盾、纠结时，特别强调我要从头开始，我只是一个妈妈，要做好一个可以滋养孩子的妈妈的本职工作。我坦然地在姥姥面前倾诉，我完全信任姥姥，哪怕我做得不好、表现得不好，姥姥都会爱我的，说着说着我哭了，姥姥给我递过来纸巾，这小小的举动温暖着我的心。几个小时过去了，姥姥一直都认真地倾听着、记录着、心疼着孩子。那一刻，我就已经下定决心，回到家就按照姥姥的要求，从头开始，做个听话的好学生，在姥姥的护航下，让道道早日开启新的人生！

在合肥，还有个小细节深深地打动了我：午饭过后，我斜靠在工作室草绿色的沙发上，姥姥拿出一个床单，对我说："道道妈妈，这是新的床单，你盖在肚子上在沙发上睡一会吧，下午我们还有更重要的事要做。"带着姥姥的爱，我睡得很香甜。夜幕快降临的时候，姥姥叮嘱我："面谈结束了，快去赶火车吧，明天一切都是新的，相信我！"

之后的日子，我就是一个听话的学生，三天一封的邮件雷打不动地写，收到回复邮件马上执行，从小事开始让儿子慢慢感受宁馨护航的温暖。萧姥姥的爱就像涓涓细流一样滋润着儿子的心田，儿子对萧姥姥的认可是从给他取的化名开始的。有一天儿子看我在写作业，就问我："道道是谁？"我说："是你啊，是萧姥姥给你取的化名，为了保护你们，她给每一个孩子都取了化名，'道道'是希望你早日找到自己的路，多么美好的寓意啊！"儿子很用力地点点头说："很好！"

几天后，带着浓浓绿意的柳叶窗帘、樱花树图案的床单把道道的卧室装点得春意盎然，焕发出勃勃的生机。道道很高兴地和我说，窗帘早就该换了，这个新窗帘真不错。（孩子卧室以前的窗帘是我结婚时候配的，我自认为挺好看——多么自以为是的妈妈。）再接下来，姥姥推荐的空气炸锅机也成了我家的新成员，这个空气炸锅机深得道道的喜爱，他自己就可以炸薯条、烤鸡翅、做华夫饼、做蛋糕，每次看到道道在厨房里忙碌的身影，我都好开心。萧姥姥在邮件里会非常耐心地把每种美食的制作步骤写下来，从在谁家买华夫粉，到打几个鸡蛋，再到烹制的时间，让我感受到姥姥好像就在身边带着慈祥的笑容看着我，也一起享受着我家厨房飘香的喜悦。慢炖锅更是带着姥姥的爱而来。休学的孩子都会黑白颠倒，中午爸爸妈妈回家又会很匆忙，所以慢炖锅就成了滋养孩子身心的利器，一罐米饭、一罐鸡汤、一罐炖菜，既营养丰富又美味可口。周末的时候，我都会去超市买回来两大袋好吃的，猪肉、鸡肉、牛肉、鸡翅、速冻薯条、孩子爱吃的鲜美虾皇馄饨、各种水果和孩子点名要的零食，还有每次给孩子的惊喜。

萧姥姥说，孩子在家休养的时候，喝水、吃饭、睡觉是最重要的三件事，但是喝水最重要，没有喝好水就吃不好饭，没有喝好水就睡不好觉！身体内没有足量的水分，内分泌就无法平衡，免疫机制就会产生障碍，直接的后果就是身心疾患的产生。妈妈要以平和、宁静的心态，给孩子提供一个温馨的家庭氛围，让孩子的心灵得到滋养，他才有足够的内在力量来面对任何困难。道道喝的水，是妈妈的故乡——内蒙古无污染的矿泉水，还有姥姥推荐的农夫山泉婴儿水；道道吃的饭，是妈妈亲手做的；每当早上道道没有起床的时候，妈妈会给他盖好被子，还会在他的额头上亲一下，让他舒服地睡一觉；晚上的时候，会和道道说晚安。萧姥姥在滋养孩子的同时，也滋养着妈妈！

转眼就到了湘二期"青春花语"课要开课的日子，当时面谈的时候，萧姥姥就和我说，湘二期你要来复课，最好能把道道带来，因为要去新西兰留学的孩子必须要上"青春花语"课。我记下了姥姥的话，提前就给道道做工作，希望他也能去上课。8月9日早上的时候，我问道道爸爸，如果道道不去学习的话，他是否愿意陪我一起去学习？因为道道说可以自己照顾自己，让我放心。道道爸爸说，道道去他就去，道道不去的话，他就不去了，他不放心儿子一个人在家。我问："你到底不放心啥？儿子已经这么大了，自己都明确告诉我，他可以照顾好自己，让我放心去学习。"道道爸爸又说了，他不认可我的学习，还找了各种理由。我越听越生气，感觉道道爸爸心里根本就不关心我，说儿子也只是借口而已。于是我就说了狠话："学习了这么长时间，都是我一个人，所以说我们之间的想法没有办法达成一致，对于儿子来说，这是非常大的伤害。这次你要是不和我一起去学习，那接下来的护航也就困难重重，你好好想想吧。"爸爸上班之后，我来到了道道房间，道道听到了我们的争吵，很平静地问了缘由，我说："爸爸就是不放心你一个人在家，说他在家还可以照顾你。"道道说："哦，我都这么大了，他咋还放不下心？"道道又问我，在他出生之前，爸爸有放不下心的事情吗？我回答："没有。"道道的眼睛突然变亮了，目光也柔和了很多，道道应该是从我的话里感受到了爸爸的关爱。然后，道道就帮我分析如何才能让爸爸陪我去学习。最后，道道突然想到：快给萧姥姥微信留个言或打个电话，请教一下该怎么办？儿子还是很聪明的，我都没有想到。当我把以上的过程发邮件告诉萧姥姥，姥姥的回复是："很好！某个时候是需要凌厉的！姥姥被道道认可了，谢谢道道的信赖，姥姥也绝不辜负道道的信赖喔！"

我把道道求助萧姥姥的整个经过和道道爸爸详细说了一遍，也把姥姥的回复给道道爸爸看了，道道爸爸被深深地触动了。之后的湘二期"青春花语"课，道道爸爸陪着我一起听课，在一群妈妈中间显得特别突出，也有好几个妈妈表达了对我有道道爸爸陪伴的羡慕之情，道道独自在家的四天里也把自己和小狗照顾得特别好。晚上快十点钟，我们乘坐飞机、大巴一路辛苦回到家，道道已经抱着小狗在走廊里等着我们了，所有的亲情在这一刻都已经融化。当我看到客厅里的地拖得特别干净；道道的房间里干净整洁，桌子上摆放着本子和笔；阳台上道道自己洗的衣服挂得板板正正；厨房里也收拾得非常干净，煮馄饨的锅刷得铮亮，三大袋垃圾都装好系好，不禁喜在心上，道道的独立生活能力值得我钦佩。

长沙之行是我家最重要的转折点，俗话说夫妻同心，其利断金。夫妻同心拧成一股绳朝着一个方向使劲，在萧姥姥的温暖滋润下做好父母的本职工作，深呼吸、零期待，只整"内啡肽"！

离开学还有不到10天的时间，当我和道道爸爸说道道准备去上学了，他吃惊地说："我不敢相信，真的吗？"听我说道道已经开始买开学的用品了，他一夜无眠，早上又和我确认了好几遍。之后的每天，快递就像好朋友一样来到我们家，道道自己买了他开学所需的用品。当新鞋子到达家里的时候，姥姥回复："穿新鞋！走新路！"道道还让我发微信问萧姥姥理个什么样的发型，开学如何和同学们相处，只要是道道感觉我不能回答的，都让我问问萧姥姥。看着道道理过发帅气的样子，我开心地笑得就像花儿一样。在萧姥姥护航的温暖滋养下，在开学的日子，道道很自然地走进了学校，回到了原来的班级，面对着原来的同学，这需要多大的勇气和毅力啊。当我从道道的学校返程的时候，迫不及待地发微信给萧姥姥分享这特大的好消息："道道又重新回归原来的班级，在教室门口他的班主任给了他一个大大的拥抱，非常非常感谢您，您温馨滋养的护航见奇效，特向您报喜！"萧姥姥马上回复了一个拥抱的表情，此时无声胜有声！

之后的日子，道道复学很顺利。我会在每个周五道道回家之前，给道道爸爸发一条微信，把姥姥对于复学孩子必须坚持的"十六字原则"再复习一遍，我会幽默地说："同学，我们再复习一遍功课哦，呵呵！"有时，我还会焦虑，但感受到萧姥姥就像在我的身边一样，温柔而慈祥地看着我，哪怕有再大的困难我也不怕，萧姥姥让我有了最坚实的依靠，我只管做一个母亲就好。

当看到姥姥凌晨零点零一分的微信留言同意收我为徒时，我激动地在家里走来走去。道道爸爸问我在干什么，我说我有师父了，萧姥姥收我为徒弟了，这真是经历磨难之后最幸福的事情！

如果您能有幸看到此处，如果您也是护航的家庭，您能做的就是好好听话，听萧姥姥的话，用您超强的执行力和一颗虔诚的心来做每一件小事，来滋养您的孩子。如果此时您也深受着孩子不上学的折磨和痛苦，那就马上来宁馨找萧姥姥吧，宁馨不是单纯的以复学为目的，而是以滋养孩子心灵、完善孩子人格为己任，夯实孩子的人生基础，那复学不就指日可待了吗？经过护航的孩子未来会更优秀，因为他感受到的是渗入骨髓的滋养！

萧姥姥肩上的使命感让我深深地敬佩着，我一定不辜负姥姥的厚望，虔诚！敬畏！纯粹！慎独！独善己身，写好人字！兼济天下，写好义字！

姥姥絮语

道道已经在大洋彼岸留学三个月了。道道妈妈也成了"宁馨妈妈"的一个榜样，成为2017年宁馨新晋10名督导师中的一员。

魔力，让"浪子爸爸"在宁馨停驻

冬冬爸爸

2015年11月，儿子冬冬休学了。刚休学的那段时间，家里混乱不堪，鸡飞狗跳。为了改变现状，我在各种父母课程之间来回奔波，以求改变自己、改变家庭、改变孩子，但都收效甚微。2016年4月22日，我只身南下杭州，参加杭二期"青春花语"课学习，终于见到了传说中的姥姥，有幸与姥姥结缘。习惯于在各种父母课程中走马观花、飞来飞去的我，终于在宁馨的家门口停驻下来，再也不想"飞"了，怀着无限感恩和虔诚的心态观看、学习、思考、践行。

有时，我也不由地问起自己：宁馨到底有什么魔力，吸引着我这个"浪子爸爸"在此停驻？

一、保护孩子

在杭二期"青春花语"课学习期间，就听蜗牛老师说："2004年，当'问题少年'成为大家关注的焦点时，姥姥第一个站出来为孩子说话，出版《不是孩子的错——为中国少年成长辩护》，为孩子正名！"我抓住杭二期学习这次难得的机遇，向姥姥倾诉：冬冬是一个17岁男孩，因在学校受到人际关系的伤害，非常不自信，从2015年11月开始辍学。姥姥当即指出，这是青春期的一种情绪紊乱，不是什么心理疾病，不建议去找心理医生咨询，千万不要当做抑郁症来治疗，更不要吃什么药物，并向我讲述了自己是如何引导女儿走出青春期沼泽的。姥姥的一席话，驱散了我心中的迷雾，使我茅塞顿开。感谢姥姥的接纳，2016年5月，我们家正式参加护航，护航初期，姥姥愤怒地指出："你们夫妻两人同时打断冬冬的睡眠，强迫冬冬按时起床，真是愚昧到家！青春期孩子的睡眠是绝对不可以侵扰的！"起初，我还半信半疑，让冬冬睡到自然醒，会不会越睡越

21

懒？会不会对将来复学有影响？但随着睡眠的充足，冬冬气色越来越好，我对姥姥的感激之情也越来越深，准确地说，是越来越崇敬姥姥！当姥姥得知冬冬的姑姑有时来家里借宿时，立刻让我们纠正这个错误："休学在家的孩子，必须为他创造一个宁静的环境，今后，不允许任何人到家里打扰冬冬。"姥姥的确是孩子的保护神！在姥姥的指点下，我们逐渐站在冬冬的角度考虑问题，反思我们作为父母行为上的过错。

二、回归家庭

在杭二期学习期间，我就对姥姥讲的"人与自然"课程特别感兴趣，觉得这堂课真正击中了我的软肋。面谈后，姥姥更是一语道破："你们夫妻都是执着进取的社会人，但在家庭中忽略了情感责任的滋养，刻意'做'父母，家庭意识淡薄、家庭责任缺失，导致亲子交流不畅，出现心理障碍。"我反思：的确如此。多少年了，自己东奔西走，回到家里，基本是吃饭、睡觉，哪有什么情感的滋润呢？参加护航以后，在姥姥的悉心指导下，我和爱人搬出了原来的"蜗居"，另外租了一套两室一厅的房子，正在对冬冬的房间进行软装修；我们夫妻开始回归家庭，按时回家，整理家务，厨房飘香，欢声笑语，"家"的味道越来越浓。没参加护航前，我还准备参加心理咨询师资格考试，拿心理咨询师资格证，走"自助助人"的道路！护航一周后，姥姥指出我的问题："你是冬冬的爸爸，不需要成为什么心理学家或教育家，一定要做好冬冬的爸爸！要回归家庭！"当冬冬不理解我们，我们疲惫不堪想要退缩时，姥姥反问："你们自己说，你们对孩子的爱纯粹吗？"一句话就把我们驳得体无完肤，我们开始践行做自然而然的父母，滋养孩子。

三、实干兴家

宁馨最大的特点是实战经验丰富。姥姥常说："现在家庭教育不缺'高大上'的理论，但缺接地气的经验。""深呼吸、零期待！""好言好语、好吃好喝、打开钱包、闭上嘴巴""家庭无教育，家庭只是滋养。""受、赎、熬、忍""说一千道一万，不如回家做一个西红柿炒鸡蛋！"都是寥寥数语，但都直指行动。护航一周后，我果断屏蔽了之前乱七八糟的家长微信群以及各种心理咨询微信群，只关注"宁馨驿站"和"丹心向阳苑"。每天，我和爱人都要学习怎样给孩子弄好吃的、好喝的；当孩子不愿吃我们辛辛苦苦做的饭菜时，姥姥劝慰我们不要着急，因为现在孩子都营养过剩，少吃点没关系，但一定要多喝水。按照姥姥的指点，我们在家里配备家用药箱，网购了沙袋，让孩子时不时挥两拳；虚心向别人学习怎样在阳台上种菜……看似微不足道的小事，却慢慢平复了我的焦虑。我在家庭方面有了变化：原来什么家务都不会做，现在却主动去做、想着去做了。可喜的是，冬冬在这段时间也发生了变化：说话的声音变大了；以前不敢一个人睡觉，现在敢了；习惯和爸妈开玩笑，敢于说出自己心里话了。这一切，不是通过所谓的"心理咨询"来改变的，而是通过姥姥指点我们实干得来的。

宁馨有着十余年的护航经验，护航的家庭很多。宁馨的经验，是姥姥十余年来自己亲证出来的，是经过实践和时间检验的！至此，我还远没有领悟到宁馨的精髓，但家里的变化让我明白，有姥姥扶着前进，我们是多么幸运！

不作秀，不搞传销式轰炸，更不在媒体上打广告，宁馨的宣传全仗口碑！姥姥说："宁馨不缺护航家庭，等着护航的家庭排着队。但我们希望更多的人了解宁馨的理念，让更多的家庭少走弯路，造福更多的孩子！"宁馨，必将成为中国家庭教育史上的一个重要里程碑！

姥姥絮语

冬冬爸爸是"宁馨爸爸"中的先知先觉人士。面对焦虑的孩子妈妈，他能稳定情绪，保护孩子。孩子也终于一步一步地挪出了身心的沼泽地。

熬过雨季，一定会雨过天晴

晖晖妈妈

2016年1月，抱着试试看的心情，我走进了宁馨，结识了和蔼的姥姥以及与年龄严重不符、超级成熟的"蜗牛"。如今，第一周期的护航结束了，我虽然仍在提心吊胆，但感觉身后一直有人在保护着我。孩子爸爸与儿子也越来越亲密，特别是那个小子，似乎也在慢慢成长！我整理了第一周期的护航日记，三个月，居然有17万字。反复浏览，才发现我的生活就应该是这样，接受也好、赎罪也好、忍耐也好、煎熬也好，这就是我最真实的生活写照！

护航前，儿子在家休学近一年，虽然中途复学过一次，却只不过区区一天。按照姥姥说的休学孩子有两种模式，一种是向内寻求网络支持，一种是向外寻找精神刺激，儿子都体验过了，最终的结果是兼内兼外。家里貌似一潭静水，实则暗流涌动，束手无策的我们，一直在靠时间来解决问题。游戏和狗狗是儿子最好的伙伴；白天和黑夜，他似乎都游刃有余。唯一值得欣慰的，是他天天洗头洗澡，把自己收拾得干干净净。

姥姥的护航可以用"简单、真实、及时、滋润"几个词来形容。说简单，是因为姥姥强调最纯粹的父爱和母爱；说真实，是因为姥姥的预言都一一实现了；说及时，是因为每次危急时刻找到姥姥，都能第一时间得到回复；说滋润，是因为为人父母的我们在姥姥这里也得到了滋养。"受、赎、忍、熬"四字方法、"好言好语、好吃好喝、打开钱包、闭上嘴巴"十六字原则、"深呼吸、零期待"，还有"把孩子当作姥姥寄养在你家的外孙"的应急措施，让我度过了一个又一个惊心动魄的时刻。每当我熬不下去的时候，我就会想起姥姥说的"华山挑夫""黄河母亲"，然后问自己："你的爱纯粹吗？"每当又过了一关，我就会长长地舒一口气。相信很多护航家庭的家长们，都会有我这种体验！

护航不到十天，儿子突然提出要复学。忐忑中，姥姥说一切以保护复学积极性为前提。复学的日子，对孩子和家长来说，都是备受煎熬的，姥姥说这是雨季，趟过去就好了。从以前的一日一餐、两餐到现在的一日三餐，从开始的干呕到现在的胃口大开，偶尔孩子还会把自己录制的歌发给我，姥姥说的"内啡肽"起了不可估量的作用！鲜花、农夫山泉，还有果绿色的四件套，让家里越来越有生机。慢慢地，我发现孩子的耐受力是那么强，关键时刻孩子会说："你还是不如我爸相信我。"有时候看到孩子和他爸爸依偎在床上一起看电影，我就感叹岁月静好，希望时间不要倒流！

姥姥就像个"百事通"：肠胃不好服"正露丸"，腿脚不好搽"奇正膏"，犯鼻炎喷"安鼻适"，家中常备创可贴、黑糖姜母茶，补袜子可以用茶杯撑起……这些无时无刻不在提醒我，要做一个纯粹的妈妈！

现在，我还是有些"杯弓蛇影"，孩子每天都会上演不同的故事，我们永远不知道下一秒会发生什么。但我知道，熬过这段雨季，一定会有雨过天晴的那一天！

姥姥絮语

晖晖在2017年暑假中积极报名参加了为期十天的"魔法树特训营"。新学期开学之后，他毅然决然地去了一所寄宿制国际高中继续读书。

感恩宁馨，我们没有再走弯路

刘红燕

打开记忆的闸门，与萧老师相识的一幕幕，与宁馨结缘的点点滴滴，都宛如昨日。如今提笔，竟有太多所思所感。

2013年年初，读初三的儿子开始厌学，迷恋网游，并极度缺乏安全感，导致亲子关系恶劣。当时的我们，还没有意识到孩子的问题是父母的问题，依旧执着于以往的痴念当中，从孩子身上找原因，一边苦口婆心批评、教育孩子，一边为孩子找心理医生，结果可想而知。

孩子越来越不想上学，一向对孩子寄予很高期望的爱人无法接受这个事实。父子俩剑拔弩张，几次发生冲突，而每一次冲突之后孩子都会痛苦地呐喊："我真的不想活了！我活着还有什么意义！"孩子每一次的呐喊都让我胆战心惊。一边是儿子绝望的眼神，一边是爱人痛苦的表情，我心如刀绞。

亲子关系一再恶化，孩子的情绪状态也越来越差。病急乱投医，我们去医院求助心理医生，医生给儿子开了抗抑郁类的药物，并把后果说得很不乐观。从医院回来后，我们夫妻俩悲痛欲绝，空气中到处弥漫着恐惧、悲伤和无助，压抑得我们喘不过气，孩子自然也更加萎靡不振。

冷静下来后，我仔细回忆了求诊的整个过程，医生做出这个诊断的依据是什么？就是孩子在电脑上做的那一套题，还有他们之间短短十多分钟的交谈。当时孩子情绪异常敏感、脆弱、紧张，因为担心医生是父母的帮凶和说客，处处提防，这些真能反映孩子的真实状态吗？无助的我决定寻找更加专业的人士来告诉我答案，因为这关系到孩子一辈子的事情，所以无论如何不能草率！

我在网上到处寻找各种教育专家、心理咨询师，最后决定到本省一位知名的心理咨询师那里去看看。心理咨询师了解情况后说孩子不用吃药，同时极力推荐给我们一本书——《嘘！我们正在蜕变》。这本书，让我于茫茫人海中结识了萧姥姥，让我们家没有再走弯路。我捧着这本书，如饥似渴，书中字字句句直击心间，就像落水的人找到了救命稻草，我看到了希望，激动地和爱人说："我们的孩子有救了！"

给萧老师的邮件很快就得到了回复，我们家这一叶摇摇晃晃的小舟也终于找到了方向，重新开始起航。记得第一次面谈，老师就指出，孩子的问题是父母的问题，父母有病不能给孩子吃药，并且一针见血地指出了我和爱人身上存在的主要问题，让我们明确了今后努力的方向，对我和爱人触动非常大。在回来的火车上，我和爱人"卧谈"了两三个小时，当时我拉着爱人的手泪流满面，为我们做父母的打着爱孩子的幌子竟然错得这么离谱而哭，为孩子这么多年活得这样挣扎我们却毫不知情而哭……

2013年7月，我和孩子参加了"魔法树写作夏令营"。当时我的状态是极为焦虑的，在所有参加夏令营的孩子中，我的孩子的状态也是最不稳定的。感恩蜗牛老师、盯盯老师以及所有的志愿者们，他们无限接纳和包容了我的孩子；感恩萧老师对孩子的良苦用心，在他当时那焦躁不安的心灵中种下了爱的种子，这些都成为孩子后来面对困难时最大的力量。

夏令营结束时，萧老师语重心长地对我说，你一定要记住一点，回去以后不管别人怎么看你的孩子，怎么议论你的孩子，你都要相信你的孩子是健康的，是正常的。萧老师的话如一股暖流，消融了我心底丝丝的寒意。在后来无数个艰难的日子里，是这句温暖而充满力量的话给了我无穷的信心和勇气。

只有打破旧的僵化的思维，新的理念才能进入。在老师的指引下，我们跌跌撞撞地一路走来。痛苦的时候是老师给了我们信心，灰心的时候是老师给了我们希望，无助的时候是老师给了我们力量。慢慢地，那个曾经黑白颠倒、痴迷网游的孩子，那个曾经被长发遮住眼睛的孩子，那个曾经痛苦焦虑、萎靡不振的孩子不见了。开朗、自信的笑容重新回到孩子的脸上，现在的他每天看书、锻炼身体，并且正在积极思考，规划自己的未来，这一切都要感恩亲爱的萧老师！

2013年11月18日，宁馨工作室丹心馆正式开馆收徒，而我有幸成为了丹心馆第一批学员，见证了丹心馆的成立，宣读了丹心馆的誓言："独善其身，写好人字！兼济天下，写好义字！"

刚进入丹心馆学习的时候有点不太适应，毕竟丢下书本很多年了。萧老师每一次的专题学习课文篇幅长、内容深，有时看几遍都吃不透，做题目的时候总是要打开电脑看课文。于是，我把课文打印出来，放在床头，睡觉前就顺手拿起看一看。今天把过去打印的课文翻出来，竟也有厚厚的一摞了。这里面都是萧老师几十年的亲证和智慧凝聚而成的心血啊，它是如此厚重，厚重得当我再次翻看的时候心里是满满的敬畏。

丹心馆课程内容丰富，涉及面非常广。既有专业接地气的理论，又有真实典型的案例；小到床上用品质地、颜色的选择，大到伦理学、美学以及逻辑学知识的运用。丹心馆是完全开放式的学习，一共发布了14个专题约40篇博客文章，馆员自学后完成老师布置的作业。如果说丹心馆是炼丹炉，炼就的不仅是学员的文字功底，更是学员的耐受力，而每一位学员的专业素养因这份坚持而日益醇厚。

我在丹心馆的学习中获益颇多。萧老师既是在培养宁馨护航督导师，更是在教我们如何做女人、怎样做母亲。通过学习，慢慢地，我的心静下来了，软下来了，老师在无形中教我们修一颗平常心、慈悲心和敬畏心。我常常会把自己和萧老师讲的去对比，发现差距，寻找进步空间，慢慢就形成了内观的习惯。向内求的人是幸福的，向外求一切徒劳而伤神。

在丹心馆的课堂里，我认识到不同年龄阶段孩子的特点，"少年十四五，天天气鼓鼓；少年十六七，时时惨兮兮。孩子的话，听一半，想一半。"孩子折腾的时候，我不再那么焦虑恐慌，母亲的平和是孩子心里最温暖、安全的港湾，再怎么折腾也有着落点；我第一次听说了"正确的错误"，于是努力做个不犯"正确的错误"的母亲；萧老师不迷信"科学"，带领我们一起探寻"抑郁症"背后的真相；萧老师以自己的亲身经历，揭开更年期神秘的面纱，率先提出"更新期"这个名词；萧老师以真实母性沦丧的悲剧警醒我们，以母性的光辉让我们发现母性的美，激发自身的母性力量；萧老师教我们怎么寻找离家出走的孩子，了解孩子厌学、休学的一般规律，掌握护航的原则和模式。

还有更多非常经典的独属宁馨的文化精髓，比如萧老师创设引领一个家庭走出困境的一系列经典要义：父母陪伴四字诀——"受、赎、熬、忍"；家庭和谐环境——平和心境、宁静环境；父母陪伴原则——顺和，有顺才有和；人生——做人做事，成长——习惯行为；父母——温暖陪伴、陪伴——缓释滋润；成长四要素：温暖、滋润、宁静、希望。

萧老师还常告诉我们做人做父母之德行："静坐常思己过，闲谈莫论人非！""人不负我，我不负人；人若负我，我依然不负于人！""做天下孩子的母亲，爱天下的每一个孩子！""多看、多听、多想、多做、少讲话"……萧老师还会和我们聊如何腌萝卜，哪些绿色植物养眼又养心，还会给我们推荐美文名剧。因为每天的点点滴滴，谦和、勤勉、淡泊的灵魂才能有智慧。

宁馨文化优雅而厚重，独到而专业，她的灵魂就是爱，纯粹的爱，爱每一个生命，敬畏每一个生命。这份爱可以洗刷一个人的内心，滋养一个人的灵魂，从而获得宁静、温馨的幸福。所以，我爱宁馨文化，我愿意追随宁馨的脚步，止于至善。

姥姥絮语

刘老师的儿子卓群是宁馨最早护航的成员之一，也一直是宁馨的追随者。在姥姥面前，他就是一个乖孩子。其实，他是一个非常有灵性的少年，随着年龄的增长，适应社会的能力增强了，但灵性减少了。有时候，灵性其实是成长中的一个包袱。

宁馨是太阳，我是向日葵

罗艾云

想写"我与宁馨的故事"，但又迟迟不敢下笔——我怕写不出对宁馨团队的景仰，写不出对萧老师的敬爱，写不出她那富有大爱的情怀。

2014年，在另一所教育机构学习的我，总是听身边的学员说起萧老师，说起宁馨，赞叹她发起并主持了"成长110百城义行"的大型公益援助活动。但对当时的我来说，只觉得那是个遥远的神话。

2016年1月30日，寒风料峭，被誉为"成长之母"的萧姥姥回归故里，给我们带来了盎然春意——湘一期"青春期心理卫生常识课"。

经过两天的学习，我发现，那个遥远的神话很接地气，她只是一个大情怀的小人物！她是那么质朴，那么亲切，那么有爱，就像我们的妈妈。她是一个很有母性的妈妈，言传身教告诉我们如何滋养孩子；她和蜗牛老师是一对耐受力惊人的师徒，让我们深知"艰难困苦，玉汝于成"；她还开办了宁馨成长护航工作室，让我们很是神往。

萧姥姥说："做个平和、宁静的妈妈，要多看、多想、多听、多做、少讲话，要平和延迟满足孩子的物质欲望，要耐心等待孩子的时间窗，要当好孩子的衣食父母，要培养孩子喝水的习惯，要给不爱吃饭的孩子煲好一碗汤，要给早恋的孩子准备'初恋基金'，要布置好孩子的房间，要善待孩子的朋友，要学会跟青春期的孩子'戏说'，要对孩子'零期待'，要多温暖、滋润、肯定孩子，要多给孩子正面暗示……"萧姥姥，您就是那朵最温馨的康乃馨，坦然面对暴风雨，滋养心灵有魔力！

萧姥姥又说："成功=10%的智商+30%的情商+10%的机遇+50%的耐受力。人生就是耐受的过程，只有具备了耐受力，才能保持心灵的定力。很多时候，看似停留的盘旋，其实是在提升，因为'一寸沉香一寸金'。"萧姥姥，您就是那朵盛开在高原上的格桑花，海拔五千耐寒暑，不惧磨砺不畏艰！

萧姥姥还说："为自己活，越活越郁闷；为社会活，越活越豪迈。为物质活，越活越饥渴；为精神活，越活越充实！"萧姥姥，您就是那朵盛开在尘埃中的红莲，清韵出尘不妖媚，高洁脱俗胜似仙。

2017年2月4日，萧姥姥拉我进入"宁馨苑"，为了给大家涨"内啡肽"，她常常下"红包雨"。我因为没有护航，平时潜水，只是偶尔冒个泡，但姥姥并没有忽略我，我的心里很是歉疚，深感愧对姥姥的厚爱。

3月26日，萧姥姥应杨红邀请再度回故里办讲座。我陪同几个朋友去听了她的讲座，再次领略了姥姥的大气场。讲座结束后，姥姥"钦点"我跟她同坐一辆车共进晚餐，还夸我状态好多了，让我受宠若惊。

4月7日，邓英给我转发了"丹心馆新3班招生通知"，告诉我姥姥破例将橄榄枝抛给对宁馨丹心馆仰慕已久的大家。我深知自己不合格，既没参加社工学习，也没参加心理咨询师的考试，而且，那段时间儿子想去当兵又苦于没有高中文凭却又不愿读书，我一直为这件事纠结不已。

因为常常看到姥姥半夜三更还在看邮件、写微课、回复微信，我很是心疼姥姥。姥姥特别关注我们的微信朋友圈，不是点赞就是评论，我实在不忍心回复她，怕耽误她宝贵的休息时间。我真想为她做点什么。

5月8日，袁玮红把我拉进了"丹心向阳苑"，我成了宁馨的新学员。瞬间的开心后，我诚惶诚恐，生怕有负姥姥的厚爱。第一篇作业——"原生家庭的辐射力探源"就让我无从下笔，好在后来的三次作业勉强还能完成，没想到姥姥每次对我的作业都大加赞赏，让我有了自信，感恩姥姥的欣赏和鼓励。

萧姥姥的微课，萧姥姥布置的作业，宁馨团队老学员的无私帮助，让我渐渐学会了内观自己，渐渐回归了母性的角色，渐渐放下了浮躁，放下了恐惧。慢慢地，我的内心越来越平和了，越来越绽放了，越来越有爱的能力了。

感谢宁馨，让我走在了自我修行的路上！"路漫漫其修远兮，吾将上下而求索。"宁馨是一轮太阳，我就是一株向日葵，面朝太阳永相随！

姥姥絮语

宁馨因为有了向日葵的映衬而更加光明。

感恩与你结缘

任希若

青春期的蜕变就是毛毛虫变成美丽蝴蝶的过程，正因为一次次蜕变，才有了一次次的成长。两年前，我有幸读到《嘘！我们正在蜕变》这本书，灵动的文字，理性的思辨，实证的精神，智慧的引领……对于家有青春期孩子的我来说，这本书像充满了魔力一样地吸引着我。可惜缘分不到，我没有和宁馨结缘。但萧芸的名字和传奇的故事，已经种在了我的脑海里。

2016年4月13日，我在和好友聊天时得知，《嘘！我们正在蜕变》的作者——萧姥姥要在杭州举办"青春花语"课程讲座，心急的我赶忙询问怎样进入宁馨预备役，之后联系到孙豫老师，她告诉我因为有学员临时有事，空出来两个名额。我能够和宁馨真正结缘，我的内心充满了感激，更感谢好友的爱心和鼓励。现在想来，那时拥有那么足的"内啡肽"，就是源于两年前读到的萧姥姥的那本书，源于两年来的寻找和心里的那份信任。因为，那本书接地气，实际不空洞，都是实实在在的方法。

2016年4月22日下午，我报好了名，晚上看到了姥姥。姥姥如同幼年记忆中慈爱的姉姉，仿佛时时刻刻都在你身边，和你的心贴得很近很近。这就是能量和气场吧，不，这就是母性！真像有人文章里说的那样，就想靠在她的怀里享受那份母爱。接下来，就是讲课。室友问我："和以前听过的有什么区别？"我说："接地气。"质朴真实、实实在在，就像姥姥说过的，她的每一句话都来源于实践和体验。

听着课程，感叹姥姥的耐受力，我自心底生出由衷的敬意：一个女人，其实可以生活得这样踏实；这样爱着自己，爱着他人，爱着天下的孩子，包括孩子的父母；在平凡点滴之中创造出伟大，踏实质朴又魅力无穷。这给了我最大的信念——我要提高自己的耐受力，支撑起这个家。听姥姥讲的"为人父，为人母，为人祖""低头做母亲，抬头看未来"，多么实在可行；"妈妈不能懒，要为孩子做早餐，要给孩子母性的滋养"，原来做妈妈是这样简单，让人充满信心。一直以来，我听过很多埋怨和告诫：这样会把孩子宠坏的；让他受点苦，不要给他做饭；别让他乱花钱……一方面我看到孩子会不由自主地替他做；一方面又怀疑摇摆，担心自己这份爱是害。现在我豁然开朗，用母性去滋养孩子，滋养这个家。妈妈，就是妈妈，不是职业，就是一份纯粹的爱；就是一点一点付出，不求回报，更不应是功利的。我对自己有了信心，也有了方向——我终于可以为孩子做些什么了，终于可以大胆爱自己的孩子了，为他做早餐，为他做好吃的，为他买花，给他一个充满阳光的家。

"嘴角要平，做一个平和喜悦的妈妈""女人，要多看、多听、多想、多做、少讲话""一个人要机敏灵活，要做到慎独，敬畏生命"……这些话点亮了我对生命的思考。姥姥的每一句话都好像涓涓细流，浸润心底。

第二天授课结束，我的睡梦中全是姥姥带有湖南口音的普通话。我就当是姥姥那晚和我一起谈心啦，至今想起来，仍觉得很美好也很神奇。

回来后有幸进入丹心馆学习，申请的日子里竟然满是担心不被接纳怎么办，一定要写一封信恳请姥姥。因为姥姥的时间都是宝贵的，所以我不忍心去打扰她。可节日里的大红包、微信朋友圈的点赞，又能和姥姥那样近距离地接触。姥姥会幽默地鼓励大家："你们在姥姥面前都是姑娘、小伙子，正青春。看姥姥60多岁这样健康、有活力，你们的人生才刚刚开始呢。"

宁馨的作业真的很难写，写得我这个语文老师天天头疼。可一旦动了笔，又是欲罢不能的享受。如同此刻，重新感受杭州之行，重新做了一回姥姥的学生，也重新从回家后的逐渐麻木中振奋！

宁馨，感恩与你结缘！姥姥，有您在前面，我会很年轻、很有活力，充满信心和底气。

姥姥絮语

尽管姥姥没有记下你的容颜，但宁馨的史册里，记下了你炽热的情感和赤诚的文字。

遇见宁馨，做一名真正的"娇骄"女

韬韬妈妈

成长自己，做好自己，成为一个真正能读懂孩子、会正确爱孩子、能给孩子父性支撑或母性滋养、对孩子人生有正面影响的爸爸或妈妈。在宁馨，我和先生都改变了自己！而遇见宁馨，我终于明白，什么才是真正的"娇骄"女。

一、幸运：崩溃时得遇"青春花语"

遇见萧姥姥正是孩子休学后，我情绪崩溃之时。那时候，孩子不愿去学校上课，完全没有信心面对老师和同学……我们一家三口犹如被拖入一个无底的黑洞，黑洞里是我无法排解的焦虑和先生几乎绝望的无奈。那个时候，我苦苦寻觅，深深思索不得其解，为什么我们家会这样？无论如何也不能连累孩子啊。

虽然冥冥之中我早已明白，肯定是自己有问题，但始终找不到解决问题的方法。家庭教育理论那么多，我学了那么多，怎么到了自己身上就是用不上呢？那些知识还是知识，我还是我，我与它们是分离的。长时间的沉睡和电脑游戏，使孩子的身心状况在一天天滑坡，我和先生再也打不起什么精神闲聊、品茶、喝咖啡。那段时日，我内心深处时刻都在呐喊："谁能帮帮我啊，我真的需要帮助啊，谁能救我的孩子啊！"悲观、失望、挫败、灰心通通写在我的脸上，不甘、不满、愤懑、怨恨压在我的心底，我随时都可能如火山般喷发。

在孩子休学半年后，"青春花语"课及时来到了我的面前。

"青春花语"是什么课我并不是很清楚，当时也没想那么多，抱着哪怕只是学到一句有用的话也是值得的心情，先生领着我和孩子踏上了青岛春令营的学习之路，我们一家三口也踏上了幸运之路。

二、信赖：护航令窒息的我得以喘息

说句实话，一开始我真的没有对萧姥姥的课程抱什么希望。这是什么课？这也算是课？一个土土的湖南娭毑（姥姥）吐着湘音慢条斯理地在那里拉家常，一个尚显青涩的小伙子（蜗牛）操着广东口音告诉爸爸妈妈们如何在日常生活中应对孩子的需求，这和我以前见识过的大课堂差别太大了，这是专业人士吗？我不禁满脑子问号。

带着一身的疲惫，靠在先生的肩膀上，我半打瞌睡半上课，这与我之前所参加过的"高大上"的家庭教育课比起来，简直就像是水煮土鸡蛋和米其林甜蛋糕的差距，太不注重包装设计与气氛调动了。

然而，随着课程的慢慢深入，萧姥姥妙语连珠的口才、博大精深的知识底蕴、百宝箱般的人生经验让我心中渐渐升起敬佩之情，平缓、坚定的宣读让我逐渐精神抖擞，越往后听我越感到，课程朴实却不简单，它是有沉淀的，是有着深度专业提炼的。在日后的学习中，我才明白，宁馨倡导的是宁静、平和。

在课程快要结束之时，我已然对萧姥姥完全信赖了。心里越来越热乎，笔记也记录得越来越仔细。课程结束之后，我在家里每天都要温习"青春花语"的课堂笔记，紧接着就加入了护航大军。宁馨就是我的氧气罐，令窒息的我得以喘息。

三、面谈："刮骨疗伤"后走上重整之路

最初阶段，按照宁馨的程序护航一个月后，我的内心并没有质的飞跃，萧姥姥事无巨细都要求达标，严格得近乎苛刻，短时间内我接受不了。特别是萧姥姥要求我每天中午回家和孩子共进午餐，这对我来说简直如登泰山一样艰难。

真正的改变是从面谈那一天开始的，我称之为"刮骨疗伤"。

面谈是宁馨首创的护航程序，萧姥姥要刨根究底深挖原生家庭的辐射力，要厘清父母的成长史和父母的情感史，还要分阶段地厘清孩子的成长史，然后写出"面谈纪要"，给出"护航计划书"。

萧姥姥和我面谈的时候话语不多，但态度凌厉、言语犀利、直指内心，寥寥几句就看穿我和先生的内心，简单、平淡的几句话就像是医生面对病人找准病灶直接清创，不给麻药注射，我内心深处如同被尖刀割裂一般疼痛。从小到大，没有任何人如此解剖过我、质疑过我，我根本无法接受姥姥说我是"娇骄女"。萧姥姥还特地意味深长地说："你和一般的娇娇女不同，你第一个娇是女字旁，第二个骄是马字旁，既娇气又傲气！"当时只觉得好委屈，我是带着满身心的伤痛来求助的，我这么信任的姥姥为何要如此打击我？面谈时，姥姥指出我问题所在的言语犹如利剑穿心，直接戳破我仅靠一点小能量在支撑的内心小宇宙。

面谈结束，情绪崩溃的我在床上躺了两整天，思绪难平，翻江倒海。两天后，我像是个被剥了一层皮的伤者，靠着内心强大的不甘，学着自舔伤口慢慢恢复。姥姥说，爬出泥泞的宁馨学习之路，也是我作为母亲必须要经历的重整之路。

这个改变好痛，背着先生和孩子，我流了很多眼泪。但为了孩子，为了自己的重生，也因为从内心愿意相信姥姥，我必须忍受，甘愿忍受这"刮骨疗伤"之痛。

四、初悟：换角度重新认识、接纳孩子

在"青春花语"的课堂上，我认识到，孩子当前的状况是青春期遇到挫折之后的挣扎与蜕变，有发泄就会有成长，崩溃也是小小的蜕变，青春期的孩子必须经历挫折、挣扎才能蜕变得轻盈和灵动。

姥姥课堂上这些平和的述说像是给我们父母焦躁的内心缓缓地注入了镇静剂，让我们慢慢地静下来，不焦虑、不惶恐，让我们从另一个角度重新认识孩子、接纳孩子。以前，我养育孩子的观念就是父母传承给我的传统理念：对待孩子必须严格要求，孩子必须吃苦，必须从小从各方面督促他养成良好的习惯。于是，我时时刻刻对孩子严加管教，厉语相向，遇到一点点事情就对孩子大讲道理，可是换来的却是孩子青春期与我的强烈对抗、性格上的胆小孤独和学习上的消极无力，用姥姥的话总结就是缺乏母性的滋养。"青春花语"课的理念完全颠覆了我之前的育儿观念：十六字原则、鲜花供奉、情感的滋养……最最独到的

是，休学的孩子要给他涨"内啡肽"！这些真的都是养育孩子的精辟总结，没有一大堆的理论、图文、冥想的阐述，简略的几句话就高度概括了面对青春期孩子的对策。

"青春花语"课上，姥姥教诲：人间可以有娇娇女、娇娇妻，唯独不能有娇娇妈。我一直自认为是独一代中很贤惠的职业女性，我的大部分女同学、女同事们都是和父母同住，自己不做饭、不做家务，像我这样非要撇开父母，亲自上阵来养育孩子，并且由结婚前的十指不沾阳春水的独生女成为甘为先生和孩子洗手做羹汤的女子并不多，而且我衣着朴素，对物质不奢求，对自己的工作和生活要求也很严格。可最初的护航邮件中，姥姥指出我是"娇骄"女作风，动不动就来情绪，稍微多做点家务，跑两个地方人就没精神了。我思来想去，娇娇之气并不是指我的外在表现，而是指我内心害怕面对困难，缺乏克服困难的勇气，遇到一点点事情就容易焦虑、恐慌；我的骄傲之气是一种自以为是的来自原生家庭的优越感。通过"青春花语"课的学习和面谈、护航的指导，我终于明白，女子真正的"娇"是要在适当的时机学会在先生和孩子面前机敏，于是我开始转观念、转作风、转态度，用"戏说"代替在先生和孩子面前的细说，姥姥会经常在宁馨群里发优秀家人的戏说范本，我认真参悟并结合自己家庭生活的实际予以应用，取得了良好的效果；真正的"骄"是身体强健，内心要有力量。于是，我在健身房挥汗如雨，跑步、骑动感单车，身体的锻炼为我带来充沛的精力和强大的情绪修复能力。情绪管理上，我追根溯源地研究我情绪的来源，并时刻提醒自己做到"零期待"。

五、执着：坚信姥姥温馨滋养的方针

通过来来往往的护航邮件，姥姥教我们怎么做我们就怎么做，既然选择了宁馨萧姥姥的护航，就不怀疑、不犹豫。

点评从最开始的一针见血到平和肯定到小有点赞，按照姥姥的指导方针做，遵照姥姥的叮嘱，孩子从之前时常的情绪爆发慢慢过渡到少有对立再到情绪基本稳定，我也从邮件指导中慢慢读懂姥姥对孩子满满的呵护和关爱。

配合"青春花语"课的回课，我愈加坚定地相信姥姥宁静、平和、温馨滋养的指导方针。姥姥是个有着大义的人，她早已实现财务自由，早已实现人生价值，今日的条件其实早已不需她如此辛苦在花甲之年再次创业，而且是和一群有着顽固错误育儿观念的父母打交道（面对这样一群人，该有多么强大的内心才能镇定自若）。姥姥之所以会有着这样的创业选择，我深深相信是因为她有着一颗大爱的心，有着一颗慈爱的心，有着一颗真爱孩子的心。作为一名有着丰富人生经历和阅历的老者，萧姥姥自己就是母亲、是祖辈，她当过老师、做过记者，单纯的孩子和复杂的成人她都看得懂，这些都让萧姥姥在指导我们这些糊涂的父母时，能一针见血找出问题症结所在。在十几年亲自护航的实操经历中，萧姥姥成功扭转了很多孩子的人生之路，帮助休学孩子家庭重建幸福生活。她的指导落实到生活的具体事务中，她就像是生活百宝箱，接地气、食烟火，手把手地教我们怎样实实在在地当妈妈，当有滋养力的妈妈。

六、喜悦：孩子蜕变对未来充满希望

加入了宁馨我才发现，之前所学的家庭教育理论，从来没有这么详细、这么具体地告知我，在面对孩子时该如何低调地、谦恭地、温婉地、平和地做一名合格的妈妈。而大到精神上的信念树立，小到怎样为孩子选床单、怎样为孩子做一碗汤等，姥姥的教诲无所不包。

当一名陪伴孩子的妈妈，爱孩子不是对他有多大的期待，有多高的要求，只是做好自己，给孩子创造一个好的成长环境。每每面对孩子情况反复的时候，姥姥关于青春期特点的解释会让我心生信念，平和面对；每每自己迷茫、困惑，倍感疲惫之时，想一想姥姥那句"你是当妈妈的人，以后是要为人祖的人"便会马上端正态度；每每遇到困难、胆小、犹豫之时，想起姥姥那句"女本柔弱，为母则强"则立刻"复活"。姥姥创办的宁馨平台是完全符合我们国人家庭特质的，宁馨的知识结合了社会学、精神医学、传统国学、伦理学、美学等各个方面的知识，看似简略、朴实却博大精深。姥姥还手把手地教我们从生活中的一点一滴去做、去行动，基础在学、关键在做。在这里是真正的学习，学习是学了还要练习，并且是实实在在地运用到具体的生活中的练习。

在姥姥手把手教诲我们的过程中，孩子也慢慢地发生了一些蜕变，从最开始我们放开心态接纳孩子玩游戏，打开钱包带孩子外出旅游和经常外出就餐，到陪孩子看他喜欢的电视剧。慢慢地，孩子不发脾气了，也少睡懒觉了，我们和他的关系已经由对抗走向亲密，孩子的内心由原来的胆小慢慢变得自信，性格由原来的内向腼腆变为现在的大方开朗，他正在一天天成长为阳光少年，现在复学情况基本稳定。

谢谢姥姥的信任，让我和大家分享我的心路历程，我做的事情远远不够，孩子现在面临的困难还有很多。但我相信，在宁馨团队的呵护下，我的孩子会越来越有力量，会成长为一名健康、有朝气、有作为的青年！只要在宁馨一直学习下去，我也会成长得很好：抛开过去焦虑、恐慌、盲目优越的"娇骄"气，做一名身体强健、内心充满力量的真正的"娇骄"女，成为一名有滋养力的母亲。

姥姥絮语

一年之后，"娇骄妈"的"娇子"已经是大洋彼岸一所中学的小留学生了。这也是我遇到的最勇于面对自己的缺点、最勇于改变自己的妈妈。

遇见姥姥，我们都是幸运的孩子

王晓红

我始终觉得，我们一家是很幸运的。尽管因为女儿的休学，我们经历了很多的波折、痛苦和煎熬，但是，"老天在关上一扇门的同时，也会为你打开了一扇窗"，这扇窗就是姥姥。因为女儿的休学，我们遇到了姥姥。正是因为有姥姥温暖的慈爱，有姥姥悉心的指导，有姥姥贴心的关怀，我们一家才得以重生。

因为参加亲子活动，我认识了孙豫，感受到孙豫的活泼、热情，以及爱心满满；也认识了卢芳芳，感受到她对我们母女的细致关照和暖心鼓励，我们母女都很感动。后来，在微信上，我看到了姥姥的"青春花语"训练营，感觉对女儿应该会很有帮助。于是，我打电话询问孙豫，了解姥姥的成长护航工作，接着向芳芳询问详情。她们两人都师从姥姥，言语之中对姥姥满怀敬佩之情。耳闻目睹孙豫和芳芳的友爱、亲切、热情，我笃信姥姥肯定是一位值得信赖和敬佩的德才兼备的老师。

我赶紧电询蜗牛，快速浏览宁馨工作室的博客，比较详细地了解有关情况之后，我清醒地认识到：姥姥就是我们孩子需要的姥姥！是我们父母需要的妈妈！我作为一位从教20多年的中学语文老师，因为工作及个人兴趣原因，关于养育孩子、家庭教育之类的书，我涉猎不少，有关机构也了解得比较多。但是到后来我才发现，许多所谓的专家或者机构，往往存在很大的缺陷。在我所了解的范围之内，宁馨成长护航是指导父母、帮助孩子的最专业、最实在、最有效、最接地气的机构！宁馨护航有理念，有方法；有方向，有措施；有"高大上"的价值观、人生观；更有衣、食、住、行，一日三餐……

在了解宁馨、了解姥姥之后，我毅然决定快快护航！于是有了2015年8月16日的整整一天的面谈，从上午9点半开始，中午连吃饭大概只休息了1个小时，一直到下午4点半才结束。后来，我收到了整整8页的"面谈纪要"和9页的"第一周期修复计划"。从18日开始，我写了整整6个月的护航邮件。每次邮件发出之后，我都会焦急地等待姥姥的批复，就好像病人急待医生的诊断一般。姥姥的批复就是我们的心药，就是我们的希望啊！"面谈纪要"和"修复计划"就是护航的纲领性文件，从开始护航到现在，我每隔一段时间就会重新细细阅读、思考这两个文件内容，对照自己的言行进行反思，每次都会有新的体会和新的感受。姥姥的邮件批复，我也是反复阅读和思考，直到把姥姥的所有指导意见都牢记在心，从而在日后的言行中时时对照和修正。

2016年元旦，我们一家三口飞到南宁参加姥姥主讲的"青春花语"冬令营，尽管花费多了一点，但是非常值得！上课期间，女儿尽管身体诸多不适，但基本都能坚持上课，认真做笔记，并且时常监督爸爸认真听课。我自己也觉得收获巨大，得到了比较全面系统、正确有效、细致实在的有关怎么做父母、怎么养育孩子的知识。不但知其然而且知其所以然，日后对女儿的滋养和帮助就更能自觉地为所当为。姥姥的课程犹如一颗希望的种子，只要时机成熟就可以生根，发芽，茁壮成长。女儿在日常生活中会时常想起姥姥的课程，蹦出几个关键词与我探讨一番，主动要求我给她多整点"内啡肽"，重建信心，增强行动力。

通过"青春花语"的课程，我们近距离、全方位地感受到了姥姥的大爱，姥姥的博大精深，姥姥的体贴细腻……上课前，姥姥给孩子们买了贵重的礼物，让孩子们欣喜万分；上课的时候，年纪小的孩子不能久坐，不时地扭来扭去，姥姥总会一边讲课，一边示意妈妈不要气恼，伸手慈爱地摸摸孩子的头；吃饭的时候，姥姥总是姗姗来迟，却总是与父母和孩子一一微笑问候……

随着护航的深入，我对姥姥的了解日益增多，我越来越深切地感受到宁馨的伟大，姥姥的博爱和智慧！姥姥是记者出身，具有"铁肩担道义，妙手著文章"的情怀！"化不利为有利，比过去更优秀"是宁馨护航的追求！"变苦脸为笑脸，变细说为戏说"，"好言好语、好吃好喝、打开钱包、闭上嘴巴"是姥姥对父母们的谆谆教诲！父母要帮助孩子，就要坚定乐观，就要踏踏实实，通过改变日常生活中的一言一行、点点滴滴来引领孩子慢慢改变，慢慢成长。"牵一头蜗牛去散步"，考验的是父母的爱心和耐心！需要时间，需要积累，需要点点滴滴的改变和成长！慢一点，再慢一点，但是，过一段时间回头再看，在姥姥手把手的教导之下，父母和孩子们都已改变了很多，也成长了很多。面对未来，我们不再焦虑，不再迷茫，我们有了方向，有了希望，家里重新笑声朗朗！

护航即将结束，女儿对此心怀忧虑，我跟姥姥转述之后，姥姥斩钉截铁地劝慰我们：一日护航，就永远是宁馨人，有任何难处可以随时找姥姥！女儿听说之后，一颗忐忑的心很快安定下来。因为她深深知道，疼她、爱她、护她的姥姥是永远的姥姥，永远牵挂着她的健康成长，永远是我们父母的老师和长辈，永远是她可靠的依赖……

时至今日，姥姥又安排老师制作微课，把护航的关键文章和信息一一发布在微课上，我们父母就可以天天坚持不懈地学习、成长；姥姥又建立了诸多宁馨微信群，让宁馨父母和学员可以随时探讨护航的种种问题；姥姥自己除了面谈、批复护航邮件、开设"青春花语"训练营，还时常微信答复父母们的各种护航疑难问题，经常到凌晨一两点才睡觉！第二天五六点，姥姥又开始超负荷、高强度的护航工作。一年365天，没有节假日，没有休息日，这是怎样的生活啊！该有多强的体能和精神！我无法想象……

姥姥是孩子们慈爱、祥和、人见人爱的姥姥，是妈妈们的母亲！犹如大地一般，宽广深厚，滋养万物！感动！感恩！心疼姥姥！遇见姥姥，我们都是幸运的孩子！为了传递这一份幸运，为了帮助更多的孩子和家庭，我只盼望众多的父母们能够好好学习，快快成长，首先陪伴和养育好自己的孩子。如果条件许可，跟随姥姥多多学习，为其他有需要的孩子和家庭多尽一份力量，为宁馨的家园增添一笔美丽的色彩……

姥姥絮语

中文系女生当妈妈，总是梦想驾驭行动，结果是力不从心的遗憾。悦怡妈妈在挣扎中蜕变，终于学会了用行动驾驭梦想，成了一名温馨、智慧的"宁馨妈妈"。

走进宁馨，收获温暖与力量

吴 玲

2016年夏天，因为笑笑，我结识了姥姥，从此走进了宁馨。短短两个多月，孩子成功复学并顺利完成了一个学期的学业！一路走来，笑笑变得越来越开心，我也在宁馨收获了太多的温暖与力量！

一、改变，接通电话的那一刻已开始

2016年春天，正是草长花开的时节，笑笑却不能起床，不能上学了。我使出浑身解数，笑笑依然晨昏颠倒。

5月底，好心的小涵妈妈雪中送炭，给了我两本书《不是孩子的错——为中国少年成长辩护》和《嘘！我们正在蜕变》的同时，还给了我蜗牛老师的电话号码。书都来不及看多少，我直接拨通了蜗牛老师的电话。平静的声音传来，改变便已经开始。

6月份，姥姥回复我第一封邮件，说道："来期上学。"亲爱的姥姥，您可真会安慰人，这都要暑假了，来期能上学吗？当时的我满心都是疑惑。

7月3日，答疑沙龙初见慈祥的姥姥。

7月4日，面谈。我被姥姥"大修"一次，却有了怎样对待孩子的方向。一周之后，在姥姥和蜗牛老师不间断的指导下，我有了具体的方式和可操作的方法。我用自己的语言唤不起来笑笑，用蜗牛老师的语言就可以；我用自己的法子不能让笑笑喝水，用姥姥的法子就可以。很多道理不是想知道就能知道的，如果一定要等弄清楚，会耗去许多时光。我不忍！

于是，我选择了相信！坚持"好言好语、好吃好喝、打开钱包、闭上嘴巴"十六字原则。

7月20日，酷暑难耐，笑笑开始去补课了。

8月29日，开学。正如姥姥说的，笑笑来期上学了！

接着，黄俊卿老师、胡佩老师也加入陪伴和指导。

2017年寒假开始，一个学期顺利完成了！

二、温暖，课程学习中分分秒秒的感受

不一样的老师不一样的课，跟随宁馨学习，我不仅读懂了孩子，还时时刻刻感受着浸润人心的温暖。

2016年10月1日—3日，我在嘉兴上"青春花语"课。课堂上，姥姥从社会与人生、自我、心理、情感、情绪、耐受力、蜕变、心理暗示、初恋、审美的力量等环节来讲述青春期心理卫生常识。青春花语环节，姥姥还贴心地安排蜗牛老师讲男生版，袁老师讲女生版。几天的课程我大有所得，认识到了孩子成长的心理特点和成长规律。成长，原本不用太费神费力，但实际上却被添加了许多期待和要求，带着莫名的贪婪和恐惧，孩子的成长变得艰难，我却深陷其中不自知。幸好遇见姥姥，及时帮我刹了车。这次上课更是一次深度解剖，姥姥日常让我做的事原来都是遵循自然规律的。等候时间的磨砺，等候水到渠成！

11月18日—20日，长沙的"父母讲堂"是升级版的"青春花语"课程，更是实用版。怎么读心？怎么和孩子谈钱？孩子怎么变成了魔？怎么把握交流时间窗……姥姥贡献凝聚十几年人生探索的珍藏，传授为人父母的独特绝活！这让我读懂了孩子之后，还有了应对方法，心里更有底气了！

笑笑也去了长沙，晚上10点多到酒店，我们马上来到姥姥的房间。孩子跟姥姥未曾见过却并不生疏，神态自然，语言随意，甚至跷着二郎腿，晃悠着。姥姥送的礼物，笑笑也欣然收下。在她心里，姥姥本来就是这样的吧，在姥姥这里能撒娇，能撒野！

第二天笑笑出去玩，中午吃了一种长沙小吃，说特别好吃，晚上还要去吃。去之前正开晚饭，蜗牛老师坐在我旁边，他拿饭盒给"奶酪"盛饭菜，我也拿饭盒给笑笑装吃的。老师问起笑笑，让我只拿一点点，说她留着肚子等会吃"好东西"。是哦，我都没想到！在楼梯口，我看见萧鼎拿了一个饭盒，装好了一些饭

菜，我想那是拿给姥姥的吧。果然，晚上上课前，蜗牛老师说姥姥在回复邮件，可能迟到，要发红包了。其实也就两分钟光景而已，姥姥还真发了红包。

蜗牛老师一直很安静，是那种来自内心的安静；萧鼎始终微笑着，好像见到他的每个时刻都在笑；还有袁老师、孙老师、梁老师、姜老师、张老师、包老师等，志愿者老师个个亲切、有呼必应。

忙上忙下，帮助别人，快乐自己，这就是我们宁馨的老师！

三、力量，源自宁馨的游戏、鲜花、红包

宁馨群里，经常看到一些孩子的动态和妈妈们的回应，还有老师们的在线指导。曾经困惑我的疑问慢慢有了答案，原来，孩子玩游戏真是个排解苦闷的好方法，笑笑通过游戏发泄了不少，开心了不少，也自信了不少。孩子每每没日没夜在网上玩游戏下来，总会沉沉睡上十几个小时，醒来不吵不闹，乖乖吃东西，走在街上，被别的男孩喊"钻石哥"，笑笑总是昂着头，微微一笑！要是让她弄个文件、标识什么的，三下五除二就整出来了。春节家族群抢红包，只要她在场，没人抢得过她，她那手指灵活得被舅妈称为"武林高手"。游戏——这个曾经让我痛恨的家伙，现在看来更多的是感激！幸好有游戏这个小伙伴陪伴孩子走过那段昏天暗地的日子！

我喜欢鲜花，经常在家里插点花，有时候是野花野草，自己做个造型。见了姥姥之后，我更是变着花样插花。这花啊，姹紫嫣红不光是看着美，养眼，花语也是情感的一种表达，养心！笑笑经常说我做的东西粗糙没有艺术感，唯独不说我插的花，就算是我随意插的也不说。我们家后院有棵金银花，开的时候清香扑鼻，我时不时在花园摘下一大把，一半放笑笑房间，一半放客厅，清水养着。还有笑笑小学三年级从学校拿回来的种子种下的花，我叫它女儿花，粉嫩粉嫩的花朵，粉黄粉黄的花蕊，从8月初到现在一直开放，最少有两三朵。前两天天气暖和，哗啦啦开了几十朵，小猫都站在旁边闻一闻，拿小爪子去探一探。还有我们家的木瓜，白白的花，有点像芝麻开花节节高，开着开着就长成了木瓜，一串串的，拥着挤着，赶热闹一样……这些都是笑笑的素材，被拍成图片，绘入画中。我说我要站正一点、坐直一点，或许一不小心就入画了，笑笑一脸不屑的表情，

美着呢！

红包被姥姥称为电子玫瑰，不在大小，在温暖。孩子要求换新的高配置的电脑，价格1万块左右。我答应了，正在筹钱，孩子说，我有7700块，是我多年的积蓄，剩下的你帮我吧。我完全没有想到孩子有这么多钱，基本上是她存下的红包钱，但大红包都被我扣下了，小的才给了她，真的是多年积蓄啊！我留了700块给孩子，并带孩子去银行开了一张卡，还开通了网上银行。姥姥让我每周一给孩子零花钱，我就以发红包的方式发给她，让笑笑自己转存。快开学了，我让小表姐组建家族群，以祝贺笑笑升学为名，个个发红包，红包要小而多，并且每个红包要写祝福的话。连发了两个晚上，笑笑忙着收红包，小脸儿都映红了！开学后，我一直坚持每天给孩子发一个红包。1块、2块、3块、5块都有，加起来也没有多少钱。孩子高兴！生活费我也用红包的方式发给她，她也高兴。今年春节，我不再扣下孩子的红包，给到她的她收下，给到我的我用"电子玫瑰"的方式发给她。100元的红包我可以分成几份、几十份，每一份都加上祝福。孩子一睁开眼，打开手机就是红彤彤一片红包雨，从大年三十飘到正月十六。姑姑转了1000元，是给笑笑的压岁钱。我正要转给孩子，笑笑说你留着给我买画材呗！好啊，相信了孩子，祝福了孩子，传来了惊喜！孩子又开心上学了！

四、结束语

傻人有傻福。孩子上学后，正遇上宁馨总部在长沙成立，蜗牛老师担子更重了，工作室需要人手，姥姥不嫌我傻还说我纯粹，于是我就有了跟随老师们近距离学习和生活的机会。走进宁馨，为孩子，为家人！孩子是所有人的孩子！家是宁馨温暖的大家庭！走进宁馨，我和宁馨的故事将继续下去……

姥姥絮语

这是一个温馨到骨髓的妈妈。她语言柔和，行为温婉，却非常有智慧。进入宁馨护航后，不但孩子迅速复学，自己的成长速度也非常惊人。

听姥姥的话，学会守住母性

萧　彦

因孩子新学期仍不肯上学，我已接近崩溃的边缘。感恩一位老师，她告诉我，帮助孩子，有一位长者特别适合，长者的名字叫萧芸。

孤陋寡闻的我开始在网上搜寻，一篇篇报道映入眼帘——全球第一个网络夏令营"火把2004写作夏令营"的创意者、组织者，退休传媒（合肥晚报副刊部编辑、热线记者）工作者，安徽省作家协会会员，著名纪实文学作家，"成长110"公益援助发起人、主持人，青少年成长护航导师。这样优秀的知名人士，我又从来没有和她打过交道，她会轻易接受一个陌生母亲的求助吗？虽然有些不安，但为了孩子，我还是鼓足勇气寄出了求助信。

然而，大大出乎意料的是，没过多久，我就收到了宁馨团队严肃而亲切的答复，同意为我的家庭护航。怀着兴奋而忐忑的心情，我踏上了宁馨护航的道路。

一次次收到萧姥姥一字字亲手敲出的回复邮件，我的心情渐渐由激动变为深深的感动。萧姥姥先把我忐忑不安的心情安抚平稳，又从日常生活记录中发现孩子的灵性，一点点让我学会真正去欣赏自己的孩子，欣赏这个充满灵性的生命，我的心情也豁然开朗。

第一次正式面谈时，我终于见到并拥抱了在邮件中早已熟识的姥姥，一见如故，如同亲人。当姥姥一针见血指出我缺乏母性时，我曾暗暗不服气。我一向觉得自己做得还不错，是孩子的知心朋友。所幸的是，虽然自以为是，我最终还是选择了听姥姥的话。事实证明，我的选择是多么正确：当我用心给家人、给孩子尝试做一道美食，看到他们吃得很香时，我感到从未有过的幸福；当我细心照顾家里花草，又拿起钩针毛线时，我感到从未有过的宁静；当我用心倾听着孩子的诉说，记录着一点一滴时，我感到从未那么接近孩子的心。父亲说我越来越是个好妈妈，我觉得这是最美的表扬……

萧姥姥点醒了我，又一点一滴带着我做。我先后两次参加了宁馨团队的授课，感受最深的就是萧姥姥质朴的语言。她用最接地气的话，给予具体而有力的父爱支撑和母性滋养指导，比如整"内啡肽"，比如"好言好语、好吃好喝、打开钱包、闭上嘴巴"，比如室内色调需要如何调整，比如一天要喝多少水。第一次课，我记下了这些具体的操作方法。第二次课，我专心听老师们的故事，我为萧姥姥跌宕起伏的人生和散尽家财为孩子们奔走的义举深深震撼，我被蜗牛老师对自己所受磨难的调侃而感动，为翠萍老师的真诚打动……

两次课孩子都参加了，但因为作息晨昏颠倒，我听得津津有味的课堂，却总也见不到孩子的身影。每当我为孩子的缺席脸红时，萧姥姥总是宠溺地说，不要强迫孩子，让她睡够最重要。神奇的是，孩子虽然不听课，每次回来，却总有一些可喜的变化。护航以来，孩子的情绪一直很稳定，自己在不断地思考，不断地提升自己的境界，孩子的智慧已经让我自愧不如。虽然孩子还没有复学，作息也还没有规律，但我已经学会了"零期待"，学会守住母性，学会看到和欣赏孩子的优点。我要做的只是静静守候就好。无论她成长为一棵树、一棵草、一朵花，我都是守候在她旁边的母亲，满怀骄傲的母亲。

我和宁馨的故事还在继续，也会一直继续下去。

姥姥絮语

这是一个有着超常智力的孩子，因此高度敏感。当父母逐渐远离了焦虑，孩子也就逐渐走出了青春的困惑。如今孩子远离父母，独自在北京求学，表现非常稳定。

姥姥的爱滋养了我这个"榆木疙瘩"

小骅妈妈

如果不是从姥姥这里感受到爱，我不会懂得，爱是这世界上最最美好的。如果不是从姥姥这里感受到爱，我不会懂得，如何做一个温暖的人。两年多了，是姥姥的爱滋养了我这个"榆木疙瘩"，让我成为一个温暖、坚定、智慧、机敏的母亲。

一、序曲：无法抑制渴望了解宁馨

回头看两年前的自己，就像一块冥顽不化的"榆木疙瘩"：不停地忏悔，盲目地逃避，忙着去提升，却常常把孩子一个人留在家里。无论近在咫尺还是远在天涯，我与孩子，心与心之间，总隔着一层壳，怎么也打不破。他也无力挣脱蜕变。沉默是最好的保护屏障，只要我纠结是否去参加活动，他就说："不要担心，我自己可以泡面吃。"都吃了一箱泡面了，我又何以能忍，然而尽管依依不舍，我还是走了。

我好想在家里，好好为孩子做些什么，可我又不知道能为孩子做些什么！我知道自己爱的力量不够，我真的很想做一个温暖有爱的人，一个爱满自溢的妈妈。我自问，为什么我总是力不从心？

经过痛苦的抉择，我有意识地减少外出活动，安心在家陪孩子，给他做好吃的，陪他说说话。几乎同时，孩子就有了强烈的反应，他拉着我，陪他看日漫、看连续剧，分享他最喜欢的歌，分享他的小说稿，大口吃我做的饼……我好开心，觉得自己做对了，这种直觉非常强烈，这点滴温暖，不仅感动了孩子，也感动了我自己。我想做下去。但是，我缺少力量，没有定力。仿佛很多人在召唤，回来吧，回到温暖有爱的集体中来吧，大家抱团取暖，你不能做一个自私的人。

纠结和各种压力让我失眠，我身心疲惫。

我先后接到长沙英姐和莹姐以小时计的长途电话，都是一个意思，为了孩子，行动起来，赶紧找姥姥护航。我忽然被一种莫名的激动和温暖强烈吸引，我的心在狂跳，无法抑制地想了解宁馨。我尽我所能搜寻萧芸老师的资料。萧芸！一位总是创造奇迹的谜一样的传奇人物！成长110！百城义行！青少年成长的护航专家！我越看越想见到宁馨姥姥，她就是我想找的人！我要做一个有滋养力的妈妈，姥姥一定能帮我！坚定了信念，我的行动力也有了飞速提升，我马上联系了姥姥，约定杭州见面，也准备买车票去长沙听课。

姥姥的声音非常平和、暖人，言语中透着睿智。得知我要去长沙听课的事，姥姥劝我先不要着急，长沙太远，为了听两小时课，这样来回赶，太辛苦了。姥姥说下一期即将在杭州开班，再等等，不急。简简单单的几句话，瞬间便如暖流注入我的心田。姥姥真心为我考虑，像妈妈一样。我相信，姥姥一定有能力改变我这个"榆木疙瘩"。我与宁馨姥姥的故事就这样开始了。

二、初见：沉浸于找到妈妈的喜悦

见面那天，传说中的姥姥从楼上缓缓走下来，笑容像花朵一样灿烂，那眼光有抚慰人心的力量。

我痴痴地看着姥姥，很想去抱抱她。姥姥第一句话就把我俘虏了，她说："你找姥姥护航，等于多了一个妈妈呀。"我涩涩地笑，姥姥不知道，我的亲娘在我六岁那年就去世了。姥姥说第一眼就看出我是来找妈的孩子。姥姥说啥，我都笑，整个一傻妞，傻傻地沉浸在找到妈妈的喜悦里。姥姥说，我所有的苦难都已经结束，该还的也都还清了，接下来要过好自己的生活。

回家后，我马上联系了蜗牛老师，定了护航的日期。我的想法如此明确，如此坚定。我迫切地想，我一定还能再为孩子做些什么，我一定能跟姥姥学做一个温暖的妈妈。从小没娘的孩子，也是能做个好妈妈、好妻子的。

三、护航：给自己整"内啡肽"得喜悦

护航过程中，姥姥拜托英姐、张姐帮助我。英姐非常热情，最初担心我能量低，会影响到孩子的护航，她就经常打电话给我，鼓励我，转告姥姥对我的牵挂和欣赏，这让我很安慰。昆明的张姐自己手受了伤，还不忘照顾我的感受，不断关注我。

她们无私的帮助给了我很大的力量。我之前经历种种培训，为的就是追寻一种源源不断的力量，最后，我终于明白，频繁地向外求助不是长久之策，给自己整"内啡肽"才是最重要的事情。于是，我下载了很多高能量的语音课程，干活的时候，让它们飘荡在厨房里。慢慢地，我度过了这个时期，发现按姥姥说的做，让自己忙起来才是最涨"内啡肽"的。有时候太空、太闲，反而容易多事、多想，白白消耗能量。

护航伊始，我的心还是放不下。第一个月，我就要请假去参加教师联盟活动，我的内心十分纠结。姥姥最终允许我去，回来后，让我定下心来陪护小骅，绝不宜出去活动了。慢慢地，我在护航中体会到了孩子微妙的变化。我悟到了，姥姥要我全心陪护，若身都不在，心，又哪里能感受到儿子的变化？只要我出去几天，孩子就吃几天方便面，几天不理我。我回来后，得重新费时费力，取得孩子的信任。经过一两次反复，我自己就明白了为什么姥姥要建议我安心陪护。违背规律的做法，是不可取的。于是，我更安心了，想着的都是在家做点什么，让孩子和孩子爸爸吃得开心。那段时间，孩子在房间里和网友谈笑风生，对我的询问也会耐心倾听，认真答复。孩子还不断调整生物钟，并主动提出学钢琴，一学就是半年多，一次都不用我提醒上课的时间。老师告诉我，他都被孩子感动了，那么刻苦、勤学、勤练习，琴谱都能背下来。孩子很用心。

孩子爸爸喜欢旅游，一年数次单独外出。现在，我会非常开心，爸爸享受大自然的美，我也享受和儿子的二人世界，我发现自己变了，真正做到了安心、喜悦！现在，孩子爸爸也减少了外出活动，让我也有时间去会会同学、密友，他会像我一样陪护孩子。父母安心了，越来越齐心合力。家，也越来越平和、宁静，如同一朵盛开的莲花，妈妈是最美的莲蓬，孩子就是最清新、俊美的莲子。

四、领悟：原来好妈妈是做出来的

"Be a good mother"，是宁馨护航的特色，姥姥"修理"的也是我们这些不称职的母亲。

听完姥姥杭州的"青春花语"课，我茅塞顿开，原来妈妈是做出来的，不是思考出来的。我开始布置孩子的房间，每周订购鲜花，用花养护孩子的心。花也有讲究，搭配要有美感，按姥姥说的搭上一把绿叶，花束更自然协调，更加完整漂亮，家开始有了花的芬芳。

姥姥说，花草养心，养花、种草、种菜都是不错的选择，尤其是养多肉小萌宠，能畅通心境。我从淘宝搬回来很多种子，春天里播下去，收获了很多惊喜。等待种子发芽，是一个很美妙的过程，耐心等待，对自己也是一种极大的考验。当看到一粒种子发芽，看到一片肉肉能长出三四个肉肉苗头时，那份惊讶和惊喜，是对珍重生命最好的回报。在施肥、浇水、松土的过程中，心态会平稳，心情会变好。看到花草受伤，有了虫害，体会又不同。我的向日葵长到40厘米时，秆子被晾晒的被子压折了，我用胶带绑好，秆子依然能长到一米五高。可是，有一天，大风一过，又折了，向日葵再没有长出果实。而另一株向日葵，却结出了密密麻麻的小瓜子。幸好，我的孩子还来得及，我现在更要陪伴好啊。向大自然学习——姥姥的智慧多么美妙！

对衣着颜色的选择，对家居色彩的布置，对美食的推介……姥姥简直就是一个"大家"。姥姥经常推出一系列糖果色的春、夏、秋、冬的新款衣物，让妈妈们自己先亮丽起来，成为家里的一道风景，为的是营造一个温馨的糖果色的理想家庭环境。我的客厅色彩就非常生机勃勃，沙发套是果粉色的，背后挂着蓝天白云、绿草鲜花围绕的宁馨家园图，电视机后壁也好似绿叶墙，下面摆满了绿植。朋友来了，一抬头，眼前都是一亮。我还把旅游时的全家福也挂在了卧室墙上，非常温馨。孩子每天享受着鲜花，耳濡目染青春的色彩，每天尝到的是妈妈亲手做的美食。家，有了温暖、生气，妈妈在这里绽放了母性的光辉。

姥姥还推荐妈妈们用慢炖锅、气炸锅、面包机，让厨房飘香。我笨手笨脚地学会了做面包，做无烟炸鸡翅，炖4个小时以上的美味汤，虽是新手级的，也很受欢迎。气炸锅的功能很多，烤鸡翅、烤番薯、烤鸡翅、烤蛋挞、烘焙皮萨、面包、蛋糕等。有了慢炖锅，全家都能喝上美味汤，还可以节省做饭的时间，四个罐子，可以饭菜具备，够上班妈妈为孩子准备的两菜一汤的标准。过年，还可以用大罐子炖各种汤菜，够一家四口人吃。孩子的食谱越来越丰富，我特别想做包子给孩子吃，就动手学发面，一次又一次，发的面越来越好，煎包也会了，我内心特别骄傲。

慢慢地，我能凭感觉判断，孩子什么时候要喝汤，要吃鸡翅，要吃比萨，要喝粥，要吃饼，要吃意大利面！看到自己的双手变得温暖而厚实了，当妈妈的感觉，在我心里滋长起来，心也变得温暖、厚实了。孩子在我勤劳、卖力的劳动中享受了爱的味道，在滋养中得到了力量。有时做得不好吃，孩子也给面子，全部吃掉，并反馈信息说：这饼对我是咸淡刚好，对别人也许就太咸了点。孩子爸爸和奶奶也对我的饭菜认可了，一回家，就可以看到他们眼巴巴地在等着我进厨房呢。这些对我而言，是一种从未体验过的骄傲。

五、爆发：抓住了自我蜕变的良机

"受、赎、熬、忍"，陪伴孩子的四字诀，做起来，还真不简单。在家，最难受的，莫过于有亲不孝，有子不听话。最委屈的莫过于卖力地做，还被孩子爸爸指责，加上继母、婆婆胡搅蛮缠，被各种负能量纠结，一事无成。

忍无可忍时，还会再忍吗？没有姥姥的鼓励，我真忍不下去，感觉每时每刻都是煎熬。姥姥看出了我的问题，对我说，我能量消耗太大，不能背负过多的东西。我必须为自己做减法，保证自己每天、每时、每刻，都有正能量压轴，一心一意陪伴孩子。一个字！一定要"受"。

当孩子整天睡觉、不吃饭时，我看着干着急，忍不住一而再地催促孩子吃饭。姥姥说，睡觉就是整"内啡肽"，妈妈只管做，不管吃，反复催食是犯傻。我释然了，纠正了自己的不良行为，果然孩子睡醒又活蹦乱跳，一天能吃好几餐。懂孩子、懂科学的姥姥，牛啊！

孩子说要学钢琴，学动漫制作。我急着就想买钢琴，请老师。姥姥为我考虑说："别急，孩子的话，听一半，想一半，让孩子开开眼也好，孩子的情绪，此一时，彼一时。"结果，妈妈不急，孩子自己每天去琴行，风雨无阻。学得刻苦，倒也从未提起买钢琴之事。半年多后，我们才有了更稳妥的决定。

当我只顾着朋友的孩子，忽略了小骅时，姥姥说，别周全了朋友疏远了儿子。

当我受欺负，当我羡慕同学孩子海归游学时，姥姥说："学习张瑾，熬到云开日出！"我的心跳就慢下来了。忍得。

当孩子爸爸心疼小骅，放狠话时，姥姥一笑，帮孩子爸爸解脱，爱是无罪的。多智慧的姥姥，一句话，化干戈为玉帛。

当我一人担负全家，而羡慕孩子爸爸想走就走的旅行时，姥姥开解我："何时统一了，何时就解放了。"当时不明白，现在懂了。过年这几天，孩子爸爸也允许我睡到自然醒，偶尔和同学去爬爬山，他会在家陪伴孩子。

"受、赎、熬、忍"，在姥姥的扶持下，我一点一点地做到了，受益无穷，心中的感激无法用言语表达。对儿子，顺和做就是尊重，凡事都以尊重为前提，姥姥说被尊重的孩子才会有尊贵的气质。和孩子说话，注意控制好自己的身体语言和语音、语调，如俯身、亲切、温和、有趣、简洁。当孩子不愿意直接对话时，我花了一段时间学习如何进行有效的信息传递，如写字、画画、打手势、发微信等。当妈妈慢慢摸到孩子的时间窗敞开的规律时，无异于学会了中医看病把脉。直到现在，孩子都能很尊重我的询问。顺和的基础就是接受他的一切，不去评判对错，存在就是合理。现在想来，孩子内分泌紊乱的时候，食不知味，才会一心想着去买肯德基、麦当劳、必胜客。孩子对食物很挑剔，我觉得崩溃，姥姥说："孩子在调整内分泌，会慢慢好起来，当孩子免疫机制状态恢复了，口味就随意了。"果真如此。姥姥不光用温暖，用爱，还用科学解决免疫机制的问题。这是绝无仅有的，唯有宁馨！

通过练钢琴，小骅的耐受力得到了提升。临近假期，姥姥提醒我，长期留守的妈妈，也要给自己来一场说走就走的旅行。当时我受经济条件制约，加上小骅也一直不松口，犹豫不决。临出发前几天，姥姥说："没有爸爸，小骅也要长大的。"我瞬间被激发了无限的勇气，更意想不到的是，小骅居然一口答应，一切好像被姥姥施了魔法一样。母子俩顺利地到达大理营地，接受了为期8天的冬令营集训。对孩子而言，从不运动的小骅，每天集训晨跑、进餐、几十千米的拉练、上课从不迟到早退，直到登上苍山，耐受力着实进步了。孩子能酣畅淋漓地在教练、家人们面前表达自己，在结营晚会上，孩子能够一曲又一曲地忘我弹奏。姥姥说，孩子完全打开了自我，非常精彩。没有姥姥的推动，我真的会错失良机。这一次旅行，对孩子爸爸也好似一次非常大的冲击，对我则是翻天覆地的勇气提升，姥姥看得很准。我抓住了这一次自我蜕变的良机，无论是体力的极限还是心灵的洗涤，都从护航的积蓄中大爆发了。

六、感恩：做好自己，回报姥姥大爱

姥姥的付出，无论是体力、脑力，还是财力，都是巨大的。逢年过节，尤其是孩子的生日，或者孩子有了点滴进步，姥姥就慷慨发红包，给孩子涨"内啡肽"。不太记事的小骅，因为红包，记住了有这么一个亲姥姥，不知从哪里蹦出来，疼着他，爱着他，令他心暖。每天，妈妈们的求助，姥姥总是即时回复，也总能妙手回春，驱散你头顶的乌云。每天的作业，姥姥都认真批复，经常到凌晨，看得我心疼！我不敢在迟于晚上10点发邮件了，写完了就调整时间到第二天发送。

在生活中，激发灵感，积累经验。姥姥的法宝，看似简单，大道至简啊！我从最初的无法突破和孩子、孩子爸爸之间的障碍，无法摆脱满身的负重，到现在宁静、平和，对自己越来越有信心，完全靠自己双手，锻炼了自己，证明了自己。我是健全的，没娘的孩子，一样可以做一个平和、有爱、温暖的妈妈。我不再无助，感恩老天爷给我机会重塑自己，突破自己。感恩姥姥的不离不弃！

在我疲累的时候，姥姥每天早晚都会发一张鲜活的鲜花图给我，这些花滋养了我，让我得到爱的力量，重新投入对孩子、家人的滋养中。记得2016年冬季，我再去长沙回课，跟姥姥回宁馨工作室休息时，姥姥腾出客房，最青春的绿树被套，铺出温暖、舒适的沙发床给我睡。看我穿得单薄，姥姥还给我披上她自己的大棉袍，暖暖地包裹着我。怕我脚冷，姥姥还给我一大桶热水泡脚。临走前，姥姥还把自己大红新羊毛围巾送给我，说："披上它，满满的正能量，出门，坐车，一切平安！好运都围着你啦。"果然，非常有能量的围巾。我轻易都舍不得用。

姥姥就是这样，滋养着宁馨的每一个妈妈，好让妈妈去好好滋养我们的孩子。姥姥爱孩子，姥姥爱妈妈，多么大爱的姥姥啊！

通过护航，从姥姥的言传身教中，我懂了：本事不是一两句话就能速成的，这里没有捷径，只有通过"受、赎、熬、忍"才能努力锻炼出来。我信奉姥姥的名言："说一千道一万，不如回家做个西红柿炒蛋。"实实在在的话，落地开花，已成为宁馨家人心中的经典。好好学，好好做，我希望自己不辜负姥姥的希望，用心成长，成为温暖、坚定、智慧、机敏的母亲，因为，做好自己就是对姥姥最好的回报。

姥姥絮语

小骅妈妈因为原生家庭辐射力的影响，自我意识薄弱，尤其是不敢维护自己的权利，逆来顺受，活得十分辛苦。宁馨首先帮她找回了自信，活出自我。意想不到的是，儿子小骅也走出了青春的沼泽，成为了一名身心健康的好少年。

走过弯路，终于跟随宁馨踏上正道

小喆妈妈

当萧老师通知我来长沙分享时，我喜出望外。就要第三次见到萧妈了，我内心别提多激动了，也不知道自己要分享什么，虽然平时与萧老师微信里已经拥抱很多了，但我还是很想再向萧妈索一个温暖有力的大大的拥抱，并当面向她鞠躬表达谢意，我现在已经把萧老师放在了妈妈的位置上，感觉她就像自己的妈妈一样慈爱。当我把见萧老师这个喜讯告诉儿子时，他也没问原因就直接说："姥姥说的就去呀，必须去。"有了儿子的支持，我更下决心要去长沙，要去参加宁馨节的庆典，参加丹心馆的开学典礼，出席蜗牛老师的出师宴会，参加萧妈的"青春花语专题版"的新课。此时，我竟然忘记了自己还是一个一瘸一拐走路有障碍的伤员。神奇的是，当我决定去长沙的时候，我的脚伤竟然一天比一天好得快，这大约就是萧妈说的"内啡肽效应"吧！

回想这将近4年一路走来，与萧老师的结缘到续缘真是一言难尽。因为我开始对宁馨工作室的不了解，还有萧妈一直低调，我也认识模糊，所以竟然经历了几起几落。

我的儿子在2013年读初中二年级的时候就休学了，由于开始的时候误导了孩子，两次复学都不成功。

2014年10月，孩子状态非常不好，最初休学时经过一位老师的推荐买了《嘘！我们正在蜕变》《初恋不是早恋——为中国少年成长辩护》，无意中翻到了老师的邮箱，我感觉像得到了救命稻草一样，立即联系了蜗牛老师，最终排进了萧妈当月的护航计划。萧妈给儿子取了化名小喆。我一看就很喜欢，两个吉祥并排坐，多温馨、多给力啊！

可是，在往返了两次邮件之后，我却消化不了萧妈排山倒海式的指导内容，也接受不了老师以犀利的方式指出我的问题，居然放弃了联系。在孩子休学将近

3年时，我突然很痛苦了，孩子在有些方面已经表现得很不错了，可是他我行我素的行为，让我实在不知该怎么办，我陷入了痛苦，不能自拔。纠结了多天后，我想到了萧老师，可是我把想法告诉小喆爸后，却遭到他的否定，让我自己琢磨别瞎花钱了，孩子就这样了。我还是不死心，每天和他唠叨，他让我说个能说服他的理由，我说："这次找萧老师也并不是完全为了孩子，我自身根深蒂固的东西也需要改了，唯有萧老师的方式适合我的个性，能镇得住我，我很需要她的稳、准、狠来剔除我的坏毛病，你能改变得了我吗？"小喆爸看到我如此坚决，总算答应过几天他出差回来就陪我去见萧老师面谈，没想到半个月后他又变卦了，我接着软磨硬泡，终于在2015年9月份与萧老师有了第一次面谈，开始了真正的跟随。

由于我的个性不服输，不能真正认识到自己的错误，所以最初不是真的听话，也有过对抗情绪和怨言，但萧老师从来不放在心上，有三次本来想到老师这里诉苦找安慰的，结果被批得很委屈，不过过了几天还是想通了，明白了萧老师的用心良苦。萧老师为了别人家的幸福，为了别人家的孩子，时时都把我们当作自己的孩子一样去爱，我确实是需要棒喝的顽固分子，也越来越感受到她老人家的不易，她何苦去这样费心、费神、费力呢？在这里真诚地向萧老师道一声："对不起，您辛苦了！"

在最后的两个多月里，由于我个人的事情，邮件作业由断断续续到中断了，我很惭愧地请萧老师惩罚时，萧老师不但没有训我，还给了我很温暖、有力的鼓励："萧妈不罚，只要用心做到、做对了就可以了，作业不是事。"在萧老师的帮助和引领下，我从看似微乎其微的点点滴滴做起，慢慢地，我尝试着去改变，虽然我还没有真正入门，却已经轻松、自在了很多很多。

有人问我孩子怎么和萧老师联系上的，其实在护航初期，我不是很听话，所以被萧老师"收拾"是常有的事情，没想到孩子每次知道我被训后，都特别高兴，说你们以后就不随意嚣张了，邪不压正，终于有人替他撑腰降服住他爸妈了，能替他说话很解气，并把萧老师的电话和微信号都要过去保存，他们很快成了"一伙"。自然我们也常常成了孩子的投诉对象，孩子有什么事第一个就先找萧老师说说，有时我们想和他商量有关他的事情时，他就说你们先去找萧老师吧，不用经过我了。孩子确实遇到了懂他、值得他信赖的人，经常与萧老师单独聊天，萧老师成了他的第一个知音。

2015年12月30日，孩子答应去南宁参加宁馨的"青春花语"冬令营课，萧老师也邀请我去当志愿者陪伴小喆学习。但是，在上课期间，孩子和我发生了口角，他直接找到萧老师后对我说："萧姥姥和我亲姥姥一样，对我就是好。"孩子对萧老师的称呼也升级到了姥姥，慢慢地，在后来的投诉中他还会叮嘱姥姥不让说我，怕我难过，最后我也明白孩子投诉不是本意，他只是想找个地方说话，希望有人能真的懂他的一切。

孩子与姥姥约定去南宁听"青春花语"课，萧老师承诺会每天奖励他红包，说是给小喆青春蜕变加油。可是孩子虽然去了南宁，却没有如约去参加课程，而萧老师依然兑现了对孩子的承诺，每个月的1号准时给孩子发一个月的红包。除了这些，孩子还会时不时地找姥姥倾诉烦恼，萧妈也经常会发红包安抚小喆。我为这件事感到很没面子，当我把自己的想法告诉萧老师时，萧老师回复："我知道怎样做这件事，再者，一点钱能让他如此信赖我，我们能有更深的交情，就已经很值得，这已不是钱的事情了。"

不管大小事情，萧老师都令我们很佩服，她总是时刻引导着我们把孩子放在首位，不能有丁点怠慢。我们在他平时的零用钱上也慢慢地放开手了，在孩子17岁生日时我们特意给他买了心仪已久的鞋子（平时他的鞋子都是修了又修还不舍得扔掉），看到孩子知足感激时，我和他爸也很开心。在南宁冬令营上萧老师为了照顾我们，安排我当上了课堂上的义工，我还得到了萧老师给的补偿，当我想退回钱却被拒绝时，我把这事告诉了孩子，孩子说了一番话让我很通透："妈，姥姥不是因为咱家经济怎样才给予你帮助，凭着她的做人做事的风格，你还是接受吧，这次来了快半个月了，还有几个爸妈都对我们有过帮助，咱可以通过传递的方式帮助别人。"通过一件件事情，孩子的感悟也越来越深，他也喜欢要钱花，但是遇到线上线下捐助时，他会毫不吝啬地慷慨解囊，对长辈也是一样，有次他没时间和我们回老家看望姥爷姥姥，竟然从口袋里拿出仅有的200元让我们帮他带给姥姥。

根据孩子的情况，萧老师建议孩子去军营历练下，当他爸提前告知他时，他极力抗议，在我面前口口声声说要和爸爸断绝父子关系，有本事他自己先去锻炼之类的话，横眉竖眼几天不和爸爸说话。当萧老师知道情况后，与孩子简单的几句聊天让他立马大转弯，兴高采烈地说当兵的事板上钉钉了，他下定决心先到部队锻炼，从改变自己的生活习惯开始，告别过去，要从头再来，还特意把时尚的发型理成了小平头。在为征兵忙碌的一个月里，他和爸爸一起行动，同进同出，不让我操任何心。

2016年9月份，孩子终于开始了军队生活，结束了3年零9个月在家休学的日子。临走的那天下午，他流泪了，我们都忘记了手机的事情，他自己把手机交给我们保管，彻底告别网络，告别游戏，清清爽爽地出发了。

新兵有三个月的封闭训练期，还只能在规定的时间、地点打电话，我们多少还是有点担心他是否能坚持下来，但他只有一次在电话里说了几句太累等抱怨的话，原来是他想家了。他国庆节来电话时泣不成声，向我们道歉自己混蛋了几年，对不起父母和所有关心他的人，这次他会好起来的。其实，听到孩子那样自责，我和他爸更惭愧，他本身就很好，确实不是孩子的错，这些年让他背负了太多的东西。每次打电话时，他都对我嘘寒问暖，还不忘一再叮嘱我要保重身体，感觉他就像关心孩子一样关心着我，我特别幸福。他也会给我们汇报他在那的表现，在不断的理论和体能测试中，他都能拿出优秀的成绩，当他为有几次的理论考试都因为错字差0.5分没有满分而遗憾时，我们说已经很好了，孩子还会说我们咋对他没要求了。

孩子离开了家，也有朋友对我说以后没事了，可以放松了，但是萧老师在孩子走后对我说的话让我没法忘记："要静下来学会当军人儿子的妈!"虽然我还没有领会到什么，但是我知道我的路才刚刚开始，需要努力的地方还有很多很多，跟着萧老师有学不完的东西，感恩萧老师的相伴指引和深深的爱!

姥姥絮语

在我见到这个男生前，对他的印象非常不佳，大概可以用放荡不羁来形容，因为他父母的电话、邮件都是这么描述的。可是当我在南宁见到孩子后，却发现他是一个非常懂事的翩翩少年。很奇怪，孩子对我唯命是从，于是我先将他引向军营……

一切都是最好的安排

谢菊仙

第一次听到萧老师的大名是在2011年6月。那时候，我的孩子因为某种原因，心理和行为上出现了一些偏差，我带着孩子一起去南宁参加郑委老师的"幸福家庭训练营"。郑委老师说："我们有些父母觉得自己时时刻刻都在为孩子好，就是爱孩子，就是好父母。如果你们去了解深圳的萧老师是如何爱孩子，如何呵护孩子的，你们就会觉得自己太自以为是了。"

学习回来之后，我认识到孩子的问题主要是生活环境和我们教养方式的不当造成的。为了帮助孩子调整状态，我一直试着用训练营中老师传授的方法去做，孩子的行为和状态有所改善，但她还是比较敏感、胆小，整天心事重重的样子，我很心疼却束手无策。而对于家庭氛围的改变，我更是有些力不从心。很多时候，我都处于懊恼和焦虑中。

有一天，我想到郑委老师提到的萧老师，便在网上搜寻，于是对萧老师有了一些了解。从"火把部落"到"百城义行"，再到"丹心馆"和"成长110"。年过六旬的老师变卖家产筹集资金，用于青少年成长的研究和护航援助，引导处于焦虑和迷茫状态的家长和孩子。我很钦佩萧老师，同时也好像看到了一线曙光。

2013年11月，好友少青告诉我萧老师的丹心馆开始招学员，她已经报名成功了。当时我正被各种问题折腾得焦头烂额，这个消息让我激动不已。于是，我立马写了份申请给萧老师，言词之中流露出各种焦虑与无助，简直把萧老师当成了消防员。也许是萧老师感觉到了我糟糕的状态，委婉地拒绝了我。萧老师在回复我的邮件中提到了几个重点：（1）丹心馆是一批睿智的父母和青年人支撑起来的园地。（2）学习的难度比较高，需要以大专学历为起点。（3）招收正在进行心理咨询师考试的人员。（4）丹心馆是培养成长辅导员的园地，不是解决自身问题的园地。细看这四点，我都不满足。收到这个回复的时候，我的心里除了有些失望（当时我对此是抱着挺大的期望）外，更多是自我否定和自卑的情绪。

生活并不会因为我的不良状态而停止，工作依然忙碌，问题该来的一样会来，一天到晚我疲于奔命。受委屈了找个没人的地方痛哭一场，累了蹲下来抱抱自己。可是，我心里很清楚这不是我想要的生活，我也无法一直在这种状态中活下去，我必须自己站起来，给自己一个交代，给孩子做一个榜样。我想到了萧老师说的"心理咨询师"。我当时没有考虑要不要考资格证，我只想去改变当时糟糕的状态。我有学习的动力，也可以找到学习资源。于是，我抽出时间参加各种心理咨询和心灵成长的课程，在学习的同时也交了不少朋友，我们相互支持和鼓励。在系统学习后，我决定报考心理咨询师。并在三年内通过了三级和二级的考核。

考试结束后，我们几位刚考过证的同学与从业多年的心理咨询老师一起组织了一个实操心理成长小组，通过彼此分享和个人案例来锻炼自己的观察和觉知能力。通过学习与交流，我修正了过往的一些混乱思维，渐渐地心态平和了一些。

2015年5月，我在东莞第一次见到萧老师，听她讲"青春期心理卫生常识课"。我真实感觉到了萧老师身上散发出来的母爱能量。当看完萧老师的《不是孩子的错——为中国少年成长辩护》一书，老师的慎独、求实精神更让我折服。记得当时少青把我介绍给萧老师时说："萧老师，菊仙也想拜您为师。"萧老师说："菊仙，那你写份申请吧。"但非常愧对少青和萧老师的是，想着自己依然不具备当初萧老师回复邮件中的条件，回来后，我一直在犹豫，最终没有写加入"宁馨"的申请。

20多天后，和少青聊天，听她说起自己加入"丹心馆"的收获，我又有点心动了——不就是写个申请吗？被拒绝就那么没面子吗？我的面子真的有那么重要吗？其实，成与不成对我来说都没有损失，万一萧老师肯收我为徒呢？心念一转，我立马动笔。交上申请后，和萧老师邮件沟通了几次，我终于如愿成了萧老师的徒弟。感恩少青的推荐，感恩萧老师的包容。

成为宁馨的一员后，每周的作业对我来说都是新奇的，我的知识面不够广，作业的信息量比较大，写的时候需去网络查找一些资料和信息，这虽然很费时间，但同时也使我了解了更多知识。萧老师在博客中分享其他学员的作业，更让我看到了同学们的智慧与进步，同时也看到自己和他们的差距，使我更有向前、向上的动力。老师每次对作业的中肯评价和建议更让我感受到了她母亲般的胸怀。为了不辜负老师，更为了对自己有个交代，我坚持完成了对我来说有些难度的作业。

2015年至2016年，萧老师在全国各地举办了多场"青春花语"训练营。老师奔波于各地，心里还记挂着曾经的大小朋友们，每次见面就送些礼物给孩子们，那份浓浓的爱，岂是"姥姥"这一声称呼所能够表达的呢？

2017年春节期间，萧老师在"宁馨成长护航交流群"和学员群里频频分享一些成功的护航家庭的进步，激发大家的信心，让我感觉特别温暖。

一切都是最好的安排，"缘分"是一个很奇妙的东西，生命中该出现的人，该发生的事总会在合适的时间和地点来到你面前。我和宁馨萧老师的缘分在兜了一圈后又续上了。感恩老师曾经对我的严格要求，让我有动力去学习和改变；感恩老师的鼓励和指导，让我内心有了能量和自信；感恩老师母亲般的关怀，让我真正地感受到了世界的温暖与爱。感恩缘分，感恩一切！

姥姥絮语

记得菊仙很善于学习，在宁馨的学习打开了她智慧的天窗，让她难以忘怀，以至于已经生活在澳门的她，一直保持着和宁馨的联系。

宁馨，滋养亲情的根据地

杨绿群

那年，我孩子在成长过程中出现了问题。自以为是，被焦虑重重包围的我单枪匹马，试图奋力排解"故障"。那时的我，内心焦灼、身影彷徨，却总也找不到出口。

迷茫、不安，长久以来的"向内求"让人倍感乏力，我用近乎渴求的目光寻找着解决方法，搜寻与关注谈论相关话题人士的博客文章，并一路追随到他们所开办的培训营，以期能从中找到治儿子的"解药"。短期的学习回来后，我就将所学内容与工具都一一搬出来，照猫画虎般地应用于儿子身上，俨然一个头痛医头、脚痛医脚的庸医。自以为是地期待着心中的结果出现，儿子却没有一丝转变的迹象。最可怕的是，这种做法让我与儿子的关系进入水火不容的境地。

我彷徨无措，软硬兼施后只激起了更大的矛盾，此时的我已经无计可施。绝望之时，我给萧芸老师发了封求助信，并没有抱太大希望，却很快有了回信。得知老师当时正在合肥的中科大进行"魔法树写作夏令营"，是利用休息时间做的简短且中肯的回复，我很感动，可见老师对每个生命个体都十分尊重，尤其是对身处逆境中的青春期孩子，更是怀着迫切救赎的心理来回应。

老师感同身受式的理解与宽慰让我原本消极的心理慢慢趋于平稳，从而愿意深度地打开心扉来梳理家庭矛盾，由此也让问题得以充分暴露，更利于老师对家庭问题进行剖析。

所有问题的分析与总结都得经过面对面交流，才是负责任的状态。尽管其中有一些小插曲，但先后两次与老师面对面交流后，我们终于精准地找到症结所在。首次面谈时，孩子爸爸因不知情而产生反抗情绪，是老师的大度、忍耐与智慧使突发的僵局有了转机。第二次面谈时，我已把老师当成我心目中的长者，视为可以掏心掏肺讲述知心话的人。老师说要做孩子眼中、心中慈祥而亲切的姥姥，而我有时真的把老师幻想成自己心中的母亲，有了一种亲昵的依赖。我享受着她对我的谆谆教导，感觉自己不再被遗弃，不再孤单，不再彷徨。让我深感愧疚的是，一直以来我都辜负了老师对我的期望，往前的动力总显不足，或许，这将会是我终生的遗憾。

可能老师对此已早有觉察，她主动向我投来橄榄枝，拉着我走进了丹心馆的殿堂。在这个平台里，老师倾其所有，无偿地带领大家走在解放思想误区，播种正确理念，激发正能量的路上。通过学习正确的思维逻辑，让人真正地宁静下来，为家庭的温馨创设条件，更是为解决当前社会问题而尽心尽力着。如同火把一样，温暖他人，照亮自己！

不引用他人或知名人士的观点与论断，老师开馆传道授业解惑的论点、论据都是经过亲证的，一切都从生活中来，从亲身经历中来，从基层的田野调查中来，逐渐凝练出有高度的认知与创新成果，大胆地呐喊出"不是孩子是错""没有问题孩子，只有问题家庭""没有早恋只有初恋""青春期是成长的蜕变期""青春期不是结算期就是清算期"；创设出了引领一个个家庭走出成长沼泽的一系列经典要义：父母陪伴四字诀——"受、赎、熬、忍"；家庭和谐环境——平和心境、宁静环境；父母陪伴原则——顺和，有顺才有和；人生——做人做事、成长——习惯行为；父母——温暖陪伴、陪伴——缓释滋润；成长四要素：温暖、滋润、宁静、希望。

这些呐喊和要义曾经遭到质疑，但当初不被认可与接受时，老师内心的那份坚定从来没有丝毫动摇过。而今，这些观点在时间中得到了验证，并得到了不容置疑的认可，已经拯救了数千名孩子和他们困惑的父母。

投身到丹心馆学习的学员们大都已为人父母，并在为人父母的过程中遭遇到了困惑。当要放下一身顽垢，进入父母陪伴四字诀——"受、赎、熬、忍"看似简单的情境中来时，是多么痛苦，这种痛苦促使着父母去思考孩子曾遭受着怎样的痛与伤害。因为人更多的都只活在自己的感觉里，怀着善意的初衷，却做着伤害孩子心灵与性情的事，这就是当今众多父母执着的伪爱。我也同样如此。在老师的剖析下警醒，甚至怀有深深的愧疚感，可在时间的麻痹中，在本性的使然中，在顺和与坚持的矛盾中，在焦虑与急切中又打回原形，本能地又给孩子施压，质疑他的行为，总是期望孩子按照父母设定的轨迹运行，否则就有一种不踏实感。而完全没有认定孩子是一个独立的个体，成长是他自己的事，如同幼童学走路一样，是他人代替不了的，当在跌倒中积累了经验，在充满信任与爱的环境中激发出了内动力，站立行走就是水到渠成的事情了。如果拔苗助长式的干预多了，只会让成长过程紊乱。

丹心馆是一个百宝箱，有关于生活各个方面的信息。细致到青少年儿童的房间色彩的基调、意境氛围的布局、床上用品的选择都是有科学依据的。当我把儿子房间的照片发给老师，老师痛心地指出房间的土黄与赭色基调给孩子的成长空间带来了压抑感，房间凌乱的陈设也是影响已走在休学边缘的孩子的不可忽略的因素。因为孩子坚强的品性一定是在生机勃勃、情趣盎然的环境中培育起来的。接受色彩的是眼睛，色彩触动的却是心灵。鹅黄养眼，湖蓝养心，果绿养眼又养心，黑色、咖啡、赭色、土黄等深色调是青春期少年的死敌。床上用品如被套、床单等尤其不能用条纹网格，因为条纹网格会对视觉造成羁绊，同时也是会对心灵产生一种威慑。

由此，我在家里开始了一场大改造，让房间的格局尽量通透与简单，将曾经是博古架的一面墙进行了封闭，把大窗户上原本用来防盗的铁栏杆一根根锯掉，从心理上和空间上都去掉铁窗感。墙面全部铺贴上果绿色的墙纸，窗帘也换成黄色，房顶刷成乳白色显得更加空旷高远。床上用品遵循低静电、少刺激的原则，铺棉盖丝，垫被是纯棉花的，盖被是桑蚕丝的，连床单、被套也重新挑选。床头则挂上一幅空旷的草原上蒲公英轻盈飞舞的意境画，大体上还原了一个青少年房间该有的清雅、明快、充满生机的氛围。通过此番改造，我深深体会到，对于生命的呵护，更多的是要为其创设利于成长的环境，如同一粒种子的发芽、开花、结果，都需要适宜的环境。

与宁馨的故事，在我看来更多的是与宁馨的一种情感，因为这里是最滋养人的地方。在这里可以挖掘到全方位的生活修行的养料，不断地增长见识，真正体现出做学问的严谨。比如对"更年期"做了认知误区上的解释；对各个阶段的年龄特点做了全面而系统的剖析；对母性的深情解读；将最难阐述的伦理引经据典，一一讲来；将跨领域的内分泌系统专业知识与现象结合做了有理有据的论证；引用珍贵的个案来导出问题的根源与处理问题的思路与方法；等等。这些内容对于当下的父母、当下的孩子、当下的社会无疑是个宝藏。

学习了众多内容，在我脑海里印象最深的是寻找伦理中的母性。可以说儿子今天的状态与母亲多年来表达母性的方式与逻辑是息息相关的。最近一段时间，我从母亲无意间的描述中将外婆的形象逐渐丰满，外婆在中华人民共和国成立初期就担任了妇女队长，也就此锻炼了她强势的性格，安排十一二岁的母亲在家抱大侄子，之后又托人将个子还小的母亲介绍到采石场上敲石头，大家都在质疑，人这么小能干得动活吗？但外婆狠心地坚持了。所以母亲从小就在强势安排下得到了历练，练就了母亲的坚强与吃苦耐劳的毅力，同时也练就了率直的性格，却不善委婉表达。

20世纪70年代中期，母亲初为人母，却将更多的精力投入到农活上，因为要挣更多的工分来养家糊口。在母亲的认知里，给子女吃饱穿暖就是她的责任与义务，就是母爱的表达，所以在日常生活中就少了那份情感交流。直到现在，母亲才有机会将内敛的母性流露出来。

我初为人母时同样怀有那份紧张，虽然不再缺衣少食，但为了让儿子成为优秀的人，尽量不走弯路，我时刻关注着儿子的状态，从一开始就绷紧了弦。开始，我为儿子的厌食发愁，再大一些为儿子不喜欢去幼儿园发愁，之后就一直为儿子不尽如人意的成绩发愁。表面上看，我为此付出了很多，研究育儿经，研究教子方法，情急之下去陪读，等等。然而，儿子并没有出现我期待中的样子。从泄气到再鼓士气，几经折腾，为了孩子更优秀，我总是觉得儿子不够努力，总是用眼睛盯着孩子不尽如人意的地方，以为改掉就可以更优秀了，却不知这种执着的"母爱"让孩子越来越不自信，总是为自己辩解，为自己找借口。现在想想，这种令人窒息的"母爱"已经让孩子本能地产生了自我保护机制，但当时的我看不到真相。都说母爱的力量是伟大的，但此种反方向的作用力同样强大，儿子为此经受了太多不为人知的心理创伤。直到万般无奈时我遇到了萧老师，她指出我是个理论控的母亲，将借来的理论直接用在儿子身上。我才有机会发现被恐惧包裹着的母性，正视自己几乎在冰点的母性能量，寻找意识里冰封着的母性。

纵观从外婆到母亲，再到我自己，都将母性包裹上一层功利的色彩，母性的自然属性都被社会属性所遮蔽，被欲念所遮蔽。母性是人类的本能资源，储存于基因。母性是一种传承，需要从娃娃的时候开始滋润，如果幼时缺失了这一滋养，则是一生一世的缺损与遗憾。丰厚与稀薄的母性，在结出的果实上也有本质的区别，或圆润，或青涩。原来根源就在于此了。

当母亲的心理期望由迫切转变为无奈，再转变为勉强接受，再转变为日趋平和时，孩子才会慢慢地得以还原。尽管此时的孩子已经历了重重磨难，备受父母的扭曲摧残，但让人感动的是孩子对父母的行径依然选择了宽容，依然从心底里关爱父母，是对父母情感深处的撼动。

前段时间孩子主动提出，愿意跟随父亲前往地处中原的工地打工，也和父亲一起住在条件艰苦的工棚里，在生活方面父子俩互相照顾，分工愉快。晚间儿子有时会背靠父亲的膝盖亲昵地一起看电视，甚至如朋友一样互相打闹，这种场景让我倍感温暖。儿子从小被家中的老人包办着，从不用父亲插手做什么，前面若干年父子的情感一片空白，可有血缘关系的纽带连接又如此顺畅，真是有些不可思议！而彼此分离后的牵挂，让我这个做母亲的竟有了几分醋意。

从支持他出国留学到去工地历练，都是希望他增加一些人生经历。其实，我还是本能地心怀期望，期望他能更努力些，能更充分地体验人生，当目标与现实有差距时，还是难免焦虑。如此折腾一圈后，我又回到原地，又回到最初的目标。直到前几天儿子坦然地跟我聊到这一问题，他也说出国留学只为增加些经历，长些见识！惊讶之余，我内心还是有些说不出的滋味，因为我内心将这话的意思等同于不求上进！可当我再细细回味反思时，此话又道出了事物的本真，成功从来都不设标准！由此看来，孩子从来都是父母的人生导师，始终走在我们的前列，试图以自以为是的狂妄自大圈守住孩子，后果会怎样？不言自明！

一个生命个体自由生长的节奏和尺度，把握在每个父母的手中，唯有用情感滋润做养分，才会钻出泥土，生根、发芽，绽放出勃勃生机。而宁馨，便是激发、培育、滋养亲情的根据地。

姥姥絮语

严重厌学的英俊小子小宇，已经是大洋彼岸坚定的大学留学生了。小宇妈妈也成为了宁馨的首批督导师中的一员。沉稳淡定，意志坚毅，忠诚不二，是小宇妈妈的个性特质。

从人生导师到女儿纯粹的"娘亲"

于海英

我是一位妈妈，也是一名教师。在与宁馨结缘前，在家里、在女儿面前，我却一直混淆着这两个角色。从女儿上小学开始，她每天的作业我必须要检查一遍，保证万无一失；对女儿言行举止觉得有什么不妥我都要念叨纠一纠；我听说女儿在班级里有做得不好的地方，会认真地指出来教导一番……从女儿出生起，我心里便是满怀期待，期望有一天女儿能代我完成未实现的理想。那时候女儿很听话，学习很努力，年年表现突出，女儿的优秀让我对她的期望越来越膨胀。

然而，女儿15岁那年，生病了，不上学了。这件事给我们夫妻俩当头重重的一棒，这一棒真真切切地敲醒了我们：我们对孩子的教育方式出现大问题了。

我们夫妻俩开始四处求方，半年，一年，两年，每天沉浸在痛苦中，茫然无助，找不到出路。一次偶然的机会，我经福香姐引荐，参加了宁馨团队在青岛举办的鲁一期"青春花语"春令营。上课之前，群里学员发了一篇文章《"成长之母"萧芸：为别人家的孩子花光家产》。我看完后，文章中的一句话深深地印在了我的脑海里：引领数千名"问题孩子"走向成功。我怀着期盼的心情焦急地等待着传说中的"姥姥"出现。

第一天上课，留着齐耳短发、朴素着装的姥姥给我的感觉像极了妈妈，但她平和淡定、沉稳坚定的话语又和妈妈完全不同。课堂上，姥姥的一些遣词用句，看似平淡却蕴含着巨大的能量，如虔诚、敬畏、纯粹、慎独、平和、宁静、滋养、支撑、蜕变，初恋不是早恋，正确对待周围的人和事。词词句句都像一杯纯净水，洗涤着我心中的污渍，安抚着我焦躁的情绪。我慢慢安静下来，一直压在心头的大石头也悄然落地。

学习中我了解到，姥姥还亲力亲为进行护航，数千名"问题"孩子在姥姥的引领下突出重围。那一刻，我似乎听到内心深处有个声音在不停呼喊：不能错过！不要错过！没有犹豫，我和爱人商量好课后就报名参加了护航。

护航正式开始前，我们先按要求和姥姥进行了一次面谈，近距离地接触了姥姥和蜗牛老师。从小就惧怕权威的我，和姥姥、蜗牛老师见面前心里很忐忑，放松不下来。待姥姥坐定，简简单单的一句"你们两位首先要有信心，护航孩子对我来说就像做家务，不是新课题……"让我几乎落泪。自从女儿休学，从未有人这样坚定地对我说过这样的话，这话就像为迷路的孩子指明了方向，突然间带着喜悦与恐慌找到了妈妈。我慢慢放松下来，在姥姥面前完全敞开了自己。在和姥姥的四个多小时的面谈中，姥姥始终平和淡定、沉稳冷静，有时像严师，有时像慈母，我们满心收获，暖意融融。

回来后，我们正式开始护航，坚决按照姥姥的"十六字原则"去做。女儿喜欢吃肉，喜欢西餐，护航第一周爱人领着全家去吃西餐，女儿的"内啡肽"果然爆棚。后又按照姥姥的指导给女儿房间购置床单、窗帘等。女儿本是爱整洁的孩子，这几年休学在家，没心情整理房间，我们这一次对她房间的布置，不知不觉迎来了惊喜：她自己主动整理房间内满地满桌的书籍和用品，每天起床都整理床铺。这一切更坚定了我们的决心，凡事一定要遵照姥姥的"十六字原则"去做。

当然，女儿也有情绪发作的时候，但姥姥早已提前给了"锦囊"——顺和。护航第二个月，女儿进入身心低潮期，我们牢牢遵从无条件顺和的原则，做好女儿的安抚与陪伴，接受女儿每一次释放的压抑情绪，随时帮助她清除心灵垃圾。

刚开始，我每天写日记，确切地说有一种汇报的感觉，我们夫妻每天努力"扮演"着好父母，以便给姥姥留下个好印象。但随着时间的推移，我也能看到我们夫妻俩一言一行中不恰当的地方，也让我越来越看清楚在家庭中我们夫妻俩对孩子进行着无处不在的那种驾驭与控制。

随着护航时间的持续，我渐渐有些放松了自己，看到别人的成长和自家一些"执行力"还没到位，有时候又开始充满焦虑，姥姥及时敲打："多看、多听、多想、多做、少讲话"。姥姥的提醒给自以为是的我来了一个急刹车；又恰似给了我一瓶灭火剂，扑灭我心中急功近利的火焰。

每次日记当中姥姥的鼓励，让我渐渐地体会到做纯粹母亲的幸福。看到女儿越来越开心，我越来越懂得"滋养"的力量；女儿的每一点成长，更提醒我要放下父母的架子学着去尊重女儿。

参加护航后，我一有时间就打开宁馨工作室的博客浏览学习。姥姥的一篇关于母性的文章《宝宝的眸子娘亲的魂》，我几乎是流着泪水读完的，看到文中的这句："我一直没敢把栅栏上顽强完成繁育使命的藤蔓扯下来，也没有翻动院子里的泥土。就这样让母亲深情地注视着它的孩子们。"我已是泣不成声。我悟出了姥姥讲的"母性充盈"一词的含义，也想清楚了自己该怎么做：我不要再自以为是地做女儿的人生导师，我只要做能够深情凝望她的"娘亲"就好。

在接下来陪伴女儿的日子里，女儿越来越活泼、开朗，我也越来越沉浸在做"妈妈"的幸福里，正如姥姥所说的"相互滋养"。同时，姥姥的爱心无处不在，在邮件中多次对我和爱人身体保养进行贴心的提醒和专业的指导，让我们两口子感激涕零。

感恩姥姥的"十六字原则"，它教会了我们怎样去做一个有爱的滋养力的妈妈。我想起了姥姥在课堂上说过：我们这个时代不缺乏"高大上"的理论，而缺乏接地气的常识，因为接地气的常识都被人们淡化、忽略甚至抛弃。是的，回想这磨炼"耐受力"的护航第一周期，我们有幸与宁馨结缘，不但有方向，有目标，更重要的是，以姥姥极其扎实的基本理论和伦理常识来充实自己，调整自己，纠正自己，虽然十六七年"妈龄"所固化的一些错误观念、行为不能一下改变，但是我庆幸自己知道劲儿该怎样使，而且即使出现偏差，还有姥姥这根定海神针给予矫正。

在接下来的第二护航周期中，我一定会继续按照姥姥的指示，强化自己合乎规范的观念行为，时刻提醒自己保持"零期待"，与爱人一起，更好地陪伴女儿，完成宝贝女儿的青春期蜕变。我更希望仍在困惑中、迷茫中的家庭能早日得到宁馨理念的帮助，在久旱之中得到甘霖，尽早摆脱纠结与盲目。愿姥姥在每天播撒大爱的忙碌中注意休息，保重身体！愿天下所有好人都得好报，一生幸福、平安！

姥姥絮语

毕业于北师大的小晴妈妈，虽然走了不少弯路，吃了不少苦头，但智慧引领她最终投入了宁馨的怀抱。说一不二的执行力助她克服了焦虑，经过9个月的母性滋养，小晴羽翼丰满，冲出云霄，飞向了理想的彼岸。

我已悄悄地改变

袁玮红

一次偶然的机会，我拜读了萧芸老师的著作《嘘！我们正在蜕变》，一个个鲜活的案例呈现在眼前，没有空洞、抽象的说教，透视解码、疏导策略、点评思考是那么具体可操作，这与社会工作理念中的"同伴教育"是何等契合！我欣喜若狂，有他乡遇故知的感觉，承蒙丽雯推介，萧老师不弃，我有幸成为"丹心馆"的一员。

"没有想到会有那么一天，天天催着妈妈写作业，哈哈，这种感觉真好！""妈妈，你好好去写作业了，拜拜！"每晚结束视频前，女儿总是这样和我撒娇，我乐乐呵呵地跟女儿道"晚安"。登录萧芸讲堂丹心馆博客、宁馨工作室博客、知青萧芸博客看博文或上小小母亲宁馨指导中心网站查看专题，成了我每天必修的课程。虽然两个月来只完成了两篇作业，心里却有从未有过的充实感。说来真是神奇，我与萧老师素未谋面，只是看了她的著作、读了她的博客文章，进了丹心馆学习仅两月有余，身上就悄然地发生了变化。

虔诚敬畏。我原本是个自以为是的人，母贤子孝，兄友弟恭，姊妹姑嫂和睦，整个大家庭一团和气，因了老父一句话，"此皆为老大之功劳，老大头带得好啊！"我和爱人在两家均排行老大，况且我还年长爱人一岁，就更是以"老大"自居了，有时候俨然是个说一不二、颐指气使的"慈禧太后"。爱人视我父母如他亲生父母般尊重、孝顺，视我的弟妹如他亲生弟妹般呵护、扶助，"小鬼头"是我对爱人的"昵称"，是爱人没长大还是我没"长大"啊？进丹心馆学习的第一课便是"原生家庭辐射力探源"，方知一切皆拜父母（公婆）恩赐、夫君包容、弟妹谦让、女儿孝顺，这是我的福报啊！幸得萧老师教诲，及早醒悟，否则我还一如既往地自以为是地恣意挥霍我的福报，倘不自知，那是要遭报应的。自此，老大只不过是家中弟妹之排行而已，我再不敢以"老大"自居。说来也是奇怪，放下了"老大"的端庄，心里却无比轻松，家人们的心贴得更近了。

慎独亲证。自我记事起便接受"生在红旗下，长在红旗下，祖国未来花朵"的教育；中学，"向张海迪学习"做一个"五讲四美"的好少年；工作了，做一个"爱岗敬业"的好职员……在学校几乎年年被评为"三好学生""优秀班干部"，工作后也被评为"先进工作者""优秀共产党员""十佳专职社会工作者"等，自认为以遵循社会公德为行为规范，是一个很自律的人。然而，过马路时也曾四顾无人直闯红灯，傍晚遛狗也曾解开套绳任由狗狗撒欢儿奔跑，走在马路上也曾随地吐痰被女儿指责"不文明"却不以为然地说"这地本来就脏"……以前做这些的时候并未觉得有什么不妥或有什么大碍，所以一点儿都不脸红。但是进丹心馆学习，第一课的课前谈话——宁馨座右铭："慎独"与"慎独精神"，学习后汗颜不止。"慎独是一种精神，是一种修为的境界。""慎独是一种情操；慎独是一种修养；慎独是一种自律；慎独是一种坦荡。"寥寥数语却掷地有声，坚持"慎独"，必须凭着高度自觉，按照一定的道德规范行动，而不做任何有违道德信念、做人原则之事。这是进行个人道德修养的重要方法，也是评定一个人道德水准的关键性环节。而我却为自己的不雅不德之举找理由找借口，无愧色，怎能叫人不汗颜？现在我即便是深夜马路上空无一人也一定奉行红灯停、绿灯行，举止文明不随地吐痰；车上放置垃圾盒，不随意抛扔纸屑；文明养犬，遛狗必牵绳套，及时处理粪便污渍……"纸上得来终觉浅，绝知此事要躬行"，萧老师用她的亲证给我上了一堂人生修为课，"慎独"作为自我修为的精神标杆，将镌刻进我的座右铭。

生命情趣。看过萧老师的大作《嘘！我们正在蜕变》《不是孩子的错——为中国少年成长辩护》，已经为她的大爱与大义所折服，再看《五次休学，五次复学的小枫》《寻找小乐的春天》等博文，敬畏生命的操守更是我今后学习不懈努力的方向，在此不作细表。萧老师一句"是好妈妈就要学会种植"沁我心脾。我这个人平时比较随性随意，爱人对我更是包容、迁就，从未要求过家里一定得窗明几净、纤尘不染，更别说养花种草，我既不会唱歌，也不会跳舞，除了洗衣、做饭，做些简单的家务外，简直是一个毫无生活情趣的人。如今看到萧老师将养花种草上升到敬畏生命的高度，与一个"好妈妈"的评价标准联系在一起，我这个一向以"好妈妈"自诩的人怎能不会养花种草呢？说干就干，家里、阳台上种上了子宝、落地生根、芦荟、虹之玉、白牡丹、紫珍珠等，万年青、吊兰、绿萝也是生机盎然，鞋柜上插上了红玫瑰，开门就见鲜花，心情舒畅啊，女儿开玩笑说："妈妈现在倒是有点儿女人味了，会侍弄花草了，不简单了！"说来也真是奇怪，我本是个很心急的人，自从学习种上这些绿植，整个人就慢了下来，用女儿的话说就是"更优雅了"，哈哈，这个评价有点儿高，我跟女儿说，"妈妈要做一个热爱生命，有生活情趣的好妈妈！"

萧老师正引领着我在一页页慢慢翻阅这部百科全书：内啡肽、心理暗示、多巴胺，还有很多很多，非常喜欢萧老师说的两句话："每一天的太阳都是新的，明天的太阳会更好！""举起你手中的火把，温暖他人，照亮自己！"我愿是宁馨人，是心灵的火把！

姥姥絮语

作为浙江省屈指可数的社会工作师，玮红在宁馨的表现极为低调。几年来，她一直坚定地留在宁馨团队，和大家一起探讨、学习，陪伴着一批批护航家庭走出困扰。

静下心来优雅成长

袁玮骅

我原是一名英语教师，期间担任了八年的班主任工作，在教学与管理班级的过程中收获过为人师的喜悦与感动，也遇到过很多困惑。尤其是从2007年开始，在班级管理中，愈来愈感觉学生的一些言行表现非我所能理解，老师们经常感叹：学生的素质真是一届不如一届！

带着心中的困惑，我开始仔细查阅学生的家庭档案，从中发现了一个规律：这些"问题"学生大多家庭有问题。而这些问题大致分为三类：一是单亲家庭；二是留守孩子；三是伪单亲家庭（夫妻虽未离婚，但夫妻关系不和谐，貌合神离）。找到规律后，我利用班会课的时间找学生谈心，开家长会，找个别家长面谈，可是我在大学学习的那点教育学与心理学知识用来解决这些家庭的疑难杂症犹如杯水车薪，时时感觉力不从心。那时，多么希望有系统的家庭教育理论可以学习啊！可是，对于我们这种三线以下的小城市来说这种愿望是奢侈的。于是，我开始在网上查找各类关于家庭教育的书籍，各类关于家庭教育的视频，无奈很多书与视频看似很有道理，但实际操作起来却很困难，无法落实。

与萧老师的"相识"缘于《嘘！我们正在蜕变》这本书。五年前，第一次知道有个为青春护航的"火把部落"拯救了无数"折翼天使"。这本书里辑录了一个个鲜活翔实的案例：一些正当花季的少男少女曾经陷在青春的沼泽中痛苦得无法自拔，但经过萧老师手把手的引领，这些折翼天使最终得以展翅翱翔蓝天，这是何等难能可贵啊！这本书让迷茫中的我有了前行的方向，心里无数次掠过一个念头：要是我能当面聆听萧老师的教诲，得到老师的指引该多好啊！可是，对于我这么一个平凡的教师来说，能得到像萧老师这么权威又有神奇能力的教育专家的指导是遥不可及的，我只能把这个愿望深埋心底。

但不久，何红玲老师撰写的一篇报告文学《湘女萧芸——尘埃里开出来的一朵红莲》又把萧老师重新拉回我的视线中，萧老师那曲折且富有传奇色彩的人生经历深深地吸引着我：我叹服于老师对生命的执着与敬畏，叹服于老师面对困难那种积极、乐观的态度。从老师的身上我总能感受到一种由内而外散发出的"化腐朽为神奇"的力量。而萧老师的博文，上至天文，下至地理，饮食起居、医学药典样样精通，与其说萧老师的博文是一部百科全书，不如说萧老师本身就是一部百科全书，这部书让我既崇敬又着迷，更重新激起我要向萧老师拜师学艺的念头。

　　一日，我正在品读萧老师的博文，一位学姐私信与我聊天，我告诉她我正在看一位教育前辈的博文，我被这位前辈的智慧折服了，被前辈的大爱感动了。我原以为自己是一个有大爱的人，这些年辞了所谓的"铁饭碗"，全心全意地做着家庭教育工作，曾陪伴着很多家庭度过了阴霾，迈向了幸福之路，在本地近两年的时间里做了数十场公益沙龙，无偿付出不求回报，陪伴着众多的姐妹们一起学习，一起坚持，一起改变，也曾得到很多家庭的感激与感恩，我以为这就是无私奉献，我以为这就是大爱，但是现在我才知道，我所做的这点事情与这位前辈比起来根本不值一提。何况，自己也确实因能力、水平问题，在做家庭教育工作的过程中常感心有余而力不足，要是能跟从萧老师学习，做她的学生该多好啊！学姐听到此立刻说："你所说的这位前辈正是引领我渡过难关、走出阴霾的萧姥姥，我就是姥姥的学生。姥姥确实很有大爱的情怀，她对生命的敬畏非常人所能及，姥姥很包容，很大度，她现正敞开大门招收学生，若你真有心拜师学艺，我愿意替你向姥姥介绍、推荐。"听学姐如此说，我喜出望外，没想到有朝一日我真能有缘与萧老师如此亲密接触，脑海中浮现出温馨的一幕：姥姥握着我的手，暖呼呼的，像母亲一样上下细细地端详着我说："孩子，你来了，气色不错，气色不错！"自此，我光荣地加入了宁馨的队伍，成了宁馨人。

　　萧老师说，宁馨人要慎独，要虔诚持守，要敬畏生命，要为保护生命鞠躬尽瘁。面对萧老师的纯粹与大爱，常常让我的"小我"无处遁形。更让常人难以理解的是，萧老师为了别人家的孩子竟然花光自己七十余万元家产。试问自己，这些年口口声声以爱的名义在助人，我做这些事的时候真的那么纯粹吗？我没有求别人物质上的回报，但我何尝不是为了得到别人的认同来获得价值感和成就感，从而满足自己的内心需求呢？

　　回顾自己的成长，我与宁馨精神还有很遥远的一段距离，但是我不焦虑，不惶恐，因为这些差距的存在正说明了我的进步空间、提升空间还很大，我深知跟随萧老师学习是一个漫长的"悟道修行"的过程，而护航使命也绝非凭借一朝一夕学几个"招数"就能完成的，这需要我静下心，沉下来，以空杯心态潜心修行，优雅成长。我为自己能沐浴在这样的成长文化中而骄傲，我更相信在萧老师的引领下，在一帮志同道合的宁馨人的守护下，我们的宁馨精神将发扬光大！

姥姥絮语

　　玮骅有一颗救苦救难的慈悲心，在督导师队伍里虽年轻却老成，且非常有悟性，评估事物能透过本质，说起话来能一语中的。她的文字简洁，但力透纸背。

走进宁馨，漂浮不定的心安静了

周丽云

　　说起来也许很多人不会相信，没和姥姥见面以前，我就爱上了这位非常接地气、极有母性滋养力、有大爱的老师。人与人的缘分有时候真的很奇妙，一股无形的吸引力和感召力就把我和宁馨连在了一起。虽然，目前我还只是一名新学员，但其实三年前就与姥姥结缘了。

　　三年前，我偶然听到几个家长多次提到一本书《嘘！我们正在蜕变》。我马上去网上查找，后来在淘宝上找到了这本书，因为热度太高，价格翻了好几倍。买回来后，如饥似渴地读完了，心中很多困惑、很多不解、很多纠结都释然了。

　　那年儿子才10岁，进入三年级后学习成绩下滑，老师、父母的责备，甚至打骂，让他一下子失去了信心，出现了上课发呆、不想学习、易怒等状况。可是，当时的我压根不知道孩子的痛苦，只感受到自己的不容易。看到姥姥的书，我才知道，原来，儿子像一只蝴蝶正在蜕变，蜕变的过程不可避免地会伴随着撕裂的酸楚。我为自己曾经的无知，为自己曾经对孩子造成的伤害后悔不已。"请您将高高扬起的手，轻轻地放下，将惊愕张大的嘴缓缓地合上，将焦虑熬红的眼渐渐地擦亮，嘘！看——他们流泪了，在心里……"就这么一段话，缓缓流入我干涸的心灵，滋养着我，让我的母性缓缓地流出来，去细细体察孩子的内心。

　　我没有想到，上天竟会如此优待我。去年，一位朋友和我说："萧芸姥姥要来长沙给休学孩子的家长上课了，如果湖北家人有想听的，麻烦告知他们。"我欢呼雀跃，太好了，我要去长沙听姥姥的课。可是，孩子爸爸不以为然："这是讲给休学孩子家长听的，我们的儿子又没休学，不用去听！"就这样，我与姥姥擦肩而过。今年，姥姥再一次来长沙讲公益课，长沙的家人又告诉我这个消息，而我因家中有事走不开，再次失去了当面聆听姥姥讲座的良机。幸运的是，我被长沙的家人拉进了宁馨预备役微信群。知道了姥姥的公众号，只要有时间我就打开公众号的文章，如饥似渴地读着，汲取着能量和营养，"母性滋养力""内啡肽"好多新鲜的词在脑中由模糊到清晰。我知道了母亲要去滋养孩子的情感和心灵。这体现在很多小事上，从母亲的着装、打扮、言语，家里窗帘的色彩以及家里花瓶的款式和色彩都是有讲究的。我突然感觉自己这个母亲是多么不合格，我不是很会收拾家务，我不会搭配孩子的床品、衣饰，家里除了情人节的玫瑰就没有摆过鲜花。原来，我这个母亲如此没有生活的情调。我用什么去滋养孩子的心灵呀？我的内心涌起了深深的自责。我开始行动，清理家里的杂物，把不需要的全清走，摆上鲜花，每餐给孩子做可口的菜品，并且多样化，孩子的房间我也主动去清理干净。当我这样做的时候，我发现孩子在看着，在跟着学，他有时也会主动整理自己的房间。原来，如何做一个母亲就是在这样的一举一动，一言一行中体现着。当我一点一点去做的时候，我发现自己那颗总是飘浮不定的心一下子安静下来了，它不再折腾了，它不再莫名地烦躁了，在用行动去滋养孩子的时候，我自己也得到了滋养。感恩姥姥，让我明白了一个母亲在家里的重要性。顺和孩子，营造家里清新的氛围，这都是一个母亲需要去做的。我的脑中越来越清晰地知道下一步我该如何去做了……

刚进宁馨预备役微信群没几天，我就看到了姥姥的丹心馆要招学员的消息。我的眼前一亮，这么好的机会，我一定要抓住。我马上连线梁翠萍，我知道她在宁馨，而我刚好和她有过一段交集。翠萍很热情地告诉我如何报名，并欢迎我加入丹心馆的学习，也告诉我很多她的感受，让我更进一步了解了姥姥。我在第一时间发出报名邮件，过了几天收到回信，正式成了丹心馆的学员，开始看姥姥的博客，写体会。第一篇作业就是"原生家庭辐射力探源"。当时我很有压力，看了一下其他学员写的，感觉他们写得真好。我一下子有点想放弃，自卑感又涌起来了。明明是一个大学中文系毕业生，明明在单位也一直从事公文写作，为啥怕写呢？现在想想，我是怕写不好，在姥姥心中留下不好的印象，要知道我是多么想在姥姥心中留一个好的印象呀！我看过姥姥的照片，听过姥姥带着湖南口音的普通话，那么朴实无华，那么接地气，那么温暖，我就是想让她能喜欢我一点。昨天和上海的仕平聊天，她说很奇怪，见了姥姥就特别亲切，想让姥姥抱抱，为什么会这样？还有长沙的朱莹也说见了姥姥就觉得亲切，敢和姥姥一起吃饭，敢向姥姥要手机号码。我当时笑着回答：很简单呀，姥姥的形象就像我们的妈妈，我们的天性还是想和妈妈亲近的，而且姥姥一看就是母性十足的人，见了她就想往她怀里钻。仕平和朱莹都笑了，觉得我说的有道理，没过一会儿，仕平就发了一篇姥姥的文章到群里，她是一个很有悟性的人，一下子就知道了我们这些有孩子的女人因为母性滋养力不够，孩子才出现一些小问题的，而姥姥身上的母性太吸引我们了。

我的第一篇文章写了很长时间，完成后怀着忐忑的心情发出去，当天晚上就收到姥姥的回复："A＋＋＋"。旗开得胜，第一次作业出手不凡！当时那个心情真是无比激动，好想对姥姥说，"我好爱您！谢谢您！"当看到邮件回复的时间是23点48分的时候，我的眼泪流下来了。听长沙的家人说，姥姥每天晚上都是看邮件、回复邮件到凌晨2点。天呀，她是一位60多岁的老人呀，这样高强度的工作量，她的身体居然能受得住。这得多大的一份爱来支撑呀！听过姥姥课的学员都告诉我，姥姥上课的时候是精力充沛的，我总算放心了一些。心是通透的，身体当然不会有淤堵，血脉通畅，自然健康。

我和宁馨的故事才刚刚起步，我相信，我们未来的故事还会更精彩！

姥姥絮语

如此情真意切的文字，我记得她是中文系的女生，只看过她的几篇作业，作业其实写得很到位，只是她对自己的要求太高了，总是不满意自己。希望能再接再厉，继续丹心馆的学习。

恩师萧芸十年前的拯救故事

妞妞妈妈

十年前，我们夫妻有幸得到恩师萧芸的辅导，失学女儿妞妞才得以走出"沼泽"。如今，孩子已在日本留学，感谢老师，感谢孩子，感谢妞妞爸爸，感谢过去十年的岁月，让今日的我能平静地坐下来，重温这十年来的心路历程。不平凡的十年，感谢有您，我最尊敬的恩师——萧芸。

一、休学

13岁的女孩，为了保留一头过肩的长发，多次被老师喊出教室：不剪短头发就不准进教室！直接导致女儿妞妞休学。

由此，女儿失去了接受教育的机会。从2007年4月至2010年4月，我和孩子爸爸一直走在为女儿维权的路上。整整三年，校方终于承认了错误并给予赔偿。

我将此事告知萧芸恩师，她于2010年4月19日回复邮件：

妞妞爸爸妈妈：

你们好！

我看到你们的来信十分欣慰。短短的几个月中，你们发生了很大的变化。在为孩子维权的事情上，你们的坚定、执着，是最关键的。经济赔偿、慰问信等，都说明学校错了，这就是对妞妞最大的安慰。妞妞目前的状态，稳中有升，同样是喜讯。

现在想想，女儿休学也存在自身原因：（1）从本性来说，女儿天生侠义，好打抱不平，轻易不服输，且性格凌厉，有些狭隘。（2）家庭环境差，我和妞妞爸爸一直两地分居，没有给孩子一个稳定的家。我们长时间不在她身边，忽视了孩子的青春期成长问题。（3）父母角色颠倒，父慈母严，父亲宠溺孩子没有底线，母亲本身心理不健康，功利、急躁、焦虑、忧郁、悲观、紧张，甚至绝望。

最让我后悔的是，孩子休学以后，我们病急乱投医，给孩子造成了二次伤害。当时因为担心孩子步入社会会受到伤害，我们就将孩子送进了特教学校。事实证明，这是一次错误的选择。当时的我，很绝望，感觉自己已经掉进了不见天日的深渊，找不到方法和出路，觉得整个家都失去了希望。愧疚、埋怨、责备、伤心、绝望……所有恶劣的情绪如一张网，让我无法突围。看到孩子一天天往下掉落，而我根本无法帮助她，我心如刀割。在一次和女儿有肢体冲突之后，我绝望地想选择自杀，了却痛苦。那时候的女儿，心比钢铁还硬，对于母亲的悲伤绝望，表现得无动于衷。

就在我实在撑不下去的时候，萧芸老师主动打来了电话。

之前在与特教学校签订合同时，我们就遇到了萧芸老师，但是没敢上前请求帮助。那时候，老师做公益，向她求助的人很多。与老师失之交臂后的三个月时间里，唯有书籍可以让我静下心来，南怀瑾先生的《老子他说》帮我卸下功利的精神包袱，调整心态；而老师的《不是孩子的错——为中国少年成长辩护》《嘘！我们正在蜕变》则给了我具体的指导。

好在这段时间不长，很庆幸我们最终没有错过恩师。每周的邮件，紧急情况下的短信和电话，老师及时给予我们正确的指导，我们家才有了今天。

二、指引

萧芸老师的指导让我的心灵有了依靠，妞妞状态如何、遇到什么难题，我都会给老师发邮件，而每一次，萧老师都会耐心、细致地引导我，为我指明前进的方向。

1.青春期恋爱，父母不应该阻止、反对，应该正面引导。正当的恋爱也是前进的支撑，积极阳光的恋爱对象就是最好的成长伙伴。

2010年6月6日，我写给老师的邮件：

尊敬的老师：

您好！很久没有给您写信了，心里却常和您交流。生活里遇到困难时，总会想起您教给我们的那些思想和观点，您是我们的导师。

妞妞一直还在学校读书，依然喜欢逃课，和小王交往。以前她的想法是不认真读书，寄希望于自己创业，现在突然告诉我："妈妈，我还是要好好读书，读会计专业，读到25岁，毕业后在家待两年，考会计方面的证，要和你们一样优秀，我还是喜欢坐办公室吹空调的感觉。如果个头长到1.7米，我就去学模特，但不放弃会计职业。"这就是妞妞近来的理想！她在QQ上的签名有一次出现了这样一句话：青春是用来奋斗的，我会对自己的未来负责。理智地对待所发生的一切事情。我看到后表扬了她，她很高兴。现在她变得更积极阳光了，身体暂时看来还不错。我也在开始注意身体了，素食、运动、不再焦虑，凡事顺其自然。我会不断更新自己的专业知识，好帮助妞妞和妞妞爸爸。

妞妞爸爸去了外地上班，从事财务工作，晚上12点之前没有休息过，工作辛苦，压力大，很少回家，但是心里常想念老师您。听说您会回家乡定居，他很高兴，第一句就是："想想我们能为老师做些什么。"

对待妞妞我已经没有了脾气，虽然零花钱有限制，但是对她添置生活用品、衣服依然是全力支持。她没有再嚷嚷出去上班，更不去娱乐场所，她很喜欢学校，喜欢和同学一起，和同学相处得还不错。

对于妞妞和小王交往，我没有阻止，只是交代她要好好保护自己。她说什么我信什么，我不去揭穿她的任何谎言，并表扬她说出的正确的观点，即使知道她没有做到，我也给予她充分的信任和肯定。

早半个月，妞妞爸爸去学校了解情况，才知道她有半个月没有去学习了，我们批评了她，妞妞爸爸表示了严重的不满意。我还是对她说："妈妈仍然相信你会好好学习的。"

我知道自己有点像沙漠里的鸵鸟，把头埋在沙子里，不去看自己不喜欢看到的东西。不知道这样是不是对的，期待老师指点。

很快，我们就收到了老师的回复。

妞妞爸爸妈妈：

你们好！

前天糖糖（妞妞的成长伙伴，至今依然是好朋友）告诉我，妞妞和她男朋友以及小宇等在她那里玩，我就很高兴——一段挫折经历，结交了一帮好朋友，人生幸事。而且，可以看出，妞妞已经完全走出了心灵的沼泽，否则，她不会和糖糖姐姐这么好。

您的来信，更让我高兴，字里行间传达了你们夫妇的轻松心态。

妞妞的状态已经稳定，并且开始有了励志规划，这多好！你们不用再担心了。妈妈做个和事佬，爸爸还是扮演严父，你们配合得很好。今后要继续坚持下去。关于妞妞男朋友的事情，听糖糖说那孩子不错，不会带坏妞妞。具体是不是女婿，要看他的造化，妞妞在选择自己人生伴侣的时候是不会走眼的。

人生不经风雨，哪有彩虹？几年的磨难，让你们这个家庭更加懂得珍惜亲情，珍惜爱，珍惜友情。让我们的友谊更加纯粹深厚！

2. 她的成长她做主，你们不能把她当小孩子看待了！

2010年8月开始，近一年半的时间里，妞妞的情绪起伏不定，我能想到的还是给老师写信。

2010年8月13日，我写给老师的邮件（节选）：

孩子在2008年8月，送走了外公；2010年8月，送走意外身亡的一位好朋友，下面是孩子当时的状态以及我们母女的对话：现在的她已经不再那么任性了，已经深刻地感受到生命的无常。她昨天晚上要求我陪她一起睡觉，我也看见她脖子上戴着佛的挂件，我想她一定是有点害怕。晚上的时候，她对我说："妈妈，我想我要早点留下遗嘱，怕哪一天突然就死了！"我没有表现出惊讶，平淡地说："想在遗嘱里说什么呢？"她说："我知道你和爸爸都很善良、有爱心，如果我死了，不要把我的器官捐赠给别人。要答应我再生一个，我怕你们孤单！"我回答："爸爸妈妈再善良也不会捐赠你的器官，更不会再生孩子。即使你离开了我们，你也是妈妈的孩子，在爸爸妈妈的心里。"她说："那去领养一个。"我说："妈妈也不会去领养，但是可以资助贫困孩子。"她说："你放心，我没有死的念头，只是害怕我万一突然死了！"我回答："妈妈理解，妈妈相信你会健康、快乐地活到100岁，妈妈也会。妈妈要尽可能久地陪伴你。"

我就这样握着她的手，她安然地睡着了。她已经知道体贴父母、孝敬爷爷奶奶了，也知道节约了，明白人要自强自立，但是依然没有真正行动。我依然在耐心地等待，偶尔也提醒她努力，但是不多讲。

2011年2月11日，我写给老师的邮件（节选）：

妞妞的学习比上学期好了一点，但是依然经常旷课，对自己是否能考上大学没有信心。

她独立租了公寓，自己会做饭菜，养了一条贵宾小狗，取名西西。寒假陪我在单位住了将近20天，上网也没有以前那样多了。她变得很阳光大方，与人交流也彬彬有礼，穿着也很正统大方，稍微有点时髦，已经很少化妆了。她对于父母的观点非常重视，恋爱婚姻观很成熟，而且叮嘱我恋人她自己选，审核权交给父母，如果实在不好，一定要阻止她结婚。至少她现在已经很重视父母的意见了。她对我和她爸都很孝顺，不再强求我们为她做什么，想要的东西如果我们不答应，也不再无理取闹了。下半年她会去考驾照，她爸答应送一辆小轿车给她，她对此很期待。

2011年12月26日，我写给老师的邮件（节选）：

最近我们两口子为了孩子高考的事情，情绪有些波动，特别是她爸，有点气急败坏了。我仍旧顺其自然，只是觉得不应该放弃，但在她学习上却又束手无策。我们俩似乎又像迷途的羔羊了，期待老师的指导。

妞妞本学期开学时的状态很好，一直在努力学习自己的专业课程，自己提出要找老师补习功课，准备考外省的一所二本学校。这样的学习状态坚持了差不多三个月，当她填报高考志愿时，才知道如果考外省学校的话，必须和普通高中生一样参加文化课考试（比职高的文化课考试难多了，很多课程她根本没有学）。她听到这个消息后，就像泄气的皮球，第二天就停下了所有的功课。我们做了很多思想工作，后来她把我们俩拉入了电话黑名单，一直联系不上她，除了向我要生活费才主动打电话给我，见面和她交流也很不耐烦、焦躁。

后来在与学校老师交流后，她报名参加了职高的联考，但是录取的学校仅限于省内的职业大学，她坚决不愿意留在本地读书，一心只想离开本地去爸爸所在的城市学习、生活。就这样，她只是口头答应参加今年12月31日的职高联考。离考试只有五天了，我担心她放弃考试，因为她压根就不愿在本地读书。

看到妞妞这种情况，我们向妞妞提出：如果只是喜欢现在的专业，想继续学习，就把她安排到外省的一个艺术学院插班，但是没有文凭，因为学校没有办法正式录取她，但是答应让她进班听课；如果她还想要文凭，那就可以选择该艺术学校的函授班。和她交流后发现，她并不是真想读书，而只是希望自己有一张本科文凭而已，我和她爸爸很失望。上周末，我陪她散步，她萎靡不振，走在人群里，我发现了她的自卑、不自在。因为高考政策的限制，她的学习精神彻底垮了。我问她自己的打算，她又提出去外地开一家普通的服装店，我提议：既然现在不想学习，将来又想开服装店，那么12月31日的考试过后，你可以试着去步行街找一家服装店面去做营业员，就当是做学徒，不在乎工资多少，妈妈照常发给你生活费，她同意了。我告诉妞妞，人生有很多选择，关键是找到自己喜欢的事情，要有目标，定下了目标，就要付出实际的努力，你现在这样彻底停下学习，整天无所事事，心里一定特虚，并不觉得快乐、开心。她说是的。妞妞只想过了年就去外地做服装生意，爸爸不答应，不想她这么快就过去，希望她在本地补习文化课，参加了6月份的考试再去外地不迟。我准备12月30日去她那里，31日去陪考，万一她执意不参加考试，我也接受，现在我的心愿是：只要她有自己想做的事情就好，读书的事情真的只能顺她自己的心意。这几天我也在想，她将来的出路在哪里。出国她没有底气，怕自己适应不了国外的生活。虽然天天嚷嚷着要去做服装生意，但是做生意不是简单的事情，做服装生意是否能养活她自己也是个未知数。我现在非常不踏实，觉得孩子的出路比较迷茫，我的情绪也有点低落，我只是告诉孩子，爸爸妈妈过一年老一年，养不了她几年了，她需要自强、自立，她也认同，应该也感觉到了生活的压力。

2011年12月27日，老师回复邮件，提醒我们：孩子的成长她自己做主，不能再把她当小孩子看待了!

> 妞妞爸妈:
>
> 你们好!
>
> 妞妞上学的事情，没有那么复杂。先把中专的毕业证拿到。到苏州大学继续教育学院去读书，多好! 不用这么纠结，一切都有定数，路就在脚下。但是需要灵活对待，不要设定一个方向把自己困死了。条条大路通罗马啊!

不久后，妞妞顺利通过一所科技职业学院的专业面试，我抑制不住内心的喜悦，写信感谢老师。

2012年4月21日，我写给老师的邮件（节选）:

> 今天第一个要感谢的就是老师，深深地感谢老师这五年来的帮助，我要告诉您一个好消息: 妞妞今天已经顺利地通过了一所科技职业学院的专业面试，面试老师给了她很高的评价，这对她是莫大的鼓励，用她的话来说:"妈妈，我觉得今天阳光特别灿烂。"今年下半年，妞妞可以以愉快的心情步入这个学校，虽然是个高职专科学校，但是那里有她喜欢的专业，地点就在离我们家不远的地方。
>
> 接下来她准备考驾照，估计在开学前能拿到驾照，爸爸答应送她一辆小汽车，下次您来就要她接送您吧!

之后，妞妞的状态越来越好，我习惯性地向老师报喜。

2013年1月4日，我写给老师的邮件（节选）:

> 妞妞学习不紧张，比在师大时的情形好了很多，在学校一切都顺利，自己报了自考本科。她变得更懂事了。感谢的话就不说了。
>
> 她报了法语班，想去法国留学，我们都答应，只要她自己愿意，估计她只是一时兴趣，但是我们做好了她出国的准备。

三、重生

孩子2007年4月休学，2009年9月复学。就在孩子休学的那一刻，我们和孩子同时跌入炼狱，几年的历程，就是炼狱重生的历程。幸亏，我们的每一步都有萧芸老师的悉心指导，让我们懂得了父母必须保护自己的孩子。

第一阶段，孩子在学校遭遇不公正待遇时，家长必须绝对地站在孩子这一边，如果孩子无法在原来的学校受到公正待遇，那么应该立即转校，不可以让孩子失学在家，失学在家的青春期孩子，一旦流入社会，危险和伤害很大。

如果孩子在学校受到极度的不公正待遇，父母应该坚决为孩子讨回公道，并让孩子知道，父母一直在为他维权。让他知道，不是他的错，这很重要。

在这一点上，要感谢妞妞爸爸的不懈努力，感谢老师在精神和行动上的支持。妞妞爸爸写信、亲自上访到省团委、省妇联等。萧芸老师更是铁肩担道义，亲自执笔给中学校长写信，奉劝他："你应该以教育家的胸怀，保护祖国的后代，而不是包庇你麾下师德失控的班主任和年级主任……"，社会舆论的介入，让校方的推卸维持不下去了。最后，在萧芸老师的帮助下，学校给妞妞写了一封慰问信，赔偿了妞妞一笔补偿金。我把慰问信交给妞妞以后，孩子虽然反应不强烈，但是我知道孩子反复看了信并将信件收藏。孩子的正义得以伸张，她的怨恨就平复了，就会去努力奔自己的前程了。

第二阶段，如果孩子失学在家，父母要彻底放下功利心，孩子的安全是首要的，生命安全又是最重要的，人健康、平安就好。

父母其中的一位必须在家陪伴孩子，找一些孩子喜欢的事情，与孩子商量：既然不用去上学，干脆列个计划，逛街、看电影、旅游，或去学习一种早就想学的技能，依照孩子的兴趣来，顺和孩子。这个时候，就得如老师所说："好言好语、好吃好喝、打开钱包、闭上嘴巴"，引导孩子往健康、安全的方向走。如果孩子铁了心暂不回学校学习，就要终止在孩子面前唠叨复学的问题，只需告诉孩子：爸爸妈妈相信你一定会回学校学习的，因为你这个年龄，需要同龄伙伴，而你的同龄伙伴，全在学校里。我们就当读书累了，好好休息一段时间。要给孩子一个心灵不被打搅的温暖、安静、平和的家居环境。这个时候的孩子，为了自保，他会给自己作茧。父母即使内心万分焦虑不安，也要将这份不安化解为一股温暖、平和、积极、乐观的力量，把这股力量传递给孩子，促使他早日破茧成蝶。

在这段时间里，孩子比我们更痛苦，孩子在成长中遭遇挫折，站在更高、更长远的角度来看，是孩子的命运，也是家长的命运。或许孩子有更大、更多的使命，命运之神在磨砺他们。因为，他们比一般的孩子更优秀。

第三阶段，不管孩子在休学过程中遭遇了什么、发生了什么，我们都应遵守：爱、信任、耐受、包容……

这个时候的孩子将失去常态，甚至六亲不认，视所有他看不惯的人为假想敌，他们的内心呈瘫痪状态，表面上的表现极为疯狂，实则恐惧、焦虑不安，觉得自己什么都做不了，失败感严重。为了防止孩子乱抓救命稻草，我们必须成为孩子在苦海里泅渡的那块浮木，让孩子依赖，让孩子信任。要在这个阶段取得孩子的信任，必须给孩子百分之百的信任和爱，孩子一切不符合常规的言行，我们要耐受，要宽容。这样，孩子在一次次的愧疚里，会重新对父母产生信任和依赖。此时，父母就是孩子通向理想彼岸的一叶小舟，我们要确保小舟行驶在风平浪静的水域。

上船后的孩子，已经差不多安静下来了，开始变得理智，会思考自己的方向，他会有一股冲动的、向上的力量，虽然断断续续，却一次比一次坚定，一次比一次有力量。每一次，父母都要给予肯定和信任，要给孩子充足的时间积蓄这股力量，不要急于求成，欲速则不达！这一阶段，要等，耐心地等，终会达到水到渠成的效果。休学期间的妞妞，学过瑜伽、钢管舞、插花，开过服装店，打过工，或者整天玩游戏、看电视……我们很少劝她复学，只告诉她最好的选择是读书，你的同伴全都在学校里。

第四阶段，复学念头萌发，熄灭再萌发，反复多次，最后坚决地踏进了校园，并完成了从学渣到学霸的蜕变。

妞妞第一次复学念头萌发，凌晨两三点敲开我的房门，跑到我的床上迫不及待地对我说："妈妈，我觉得做什么都没有意思，我想读书，我明天就想回学校读书。"我回答："真好，女儿终于做出了正确的选择。"第二天上午我提出去买学习用品，但是，到了学习用品商店，她单独逃跑了，我们各自回家。我们不责怪、不生气，反而安慰她："没有关系，妞妞还没有准备好，等准备好了，我们再去买学习用品，爸爸妈妈正好有时间和学校联系。"孩子复学的苗头出现，我们加紧与学校联系，也在适当的时候和孩子商量复学事宜。

妞妞第一次主动提出复学之后，又沉寂了一段时间。有一天晚上，妞妞主动诉苦："妈妈，我做什么都没有兴趣，打游戏没有味，看电视没有味，逛街没有味，打工也没有意思。"我回答她："因为你的同伴都在学校，你脱离了一个健康、活泼、趣味相投的集体，所以做什么都没有味。没有文化，打工一辈子都没有升值空间，而且年龄大了之后，会因为劳动力丧失找不到工作，你还是要回到学校，那里才是你快乐的天堂。学习成绩好不好，不重要，重要的是你将有很多同龄的朋友。"

然而，第二次复学的念头后来又熄灭了。这一次，表面上是彻底熄灭了。妞妞告诉我："妈妈，你最好死了这条心，我还是决定不读书了。"妈妈回答："妈妈相信你说的每一句话，此时，你是这样想的，但是，妈妈更相信女儿会有正确的选择。女儿是一只酣睡中的狮子，睡醒了，就会有正确的坚定的选择，不再退缩。"女儿不语。休学期间的孩子，他们的脑袋里，全是自己的前程，他们知道他们的同龄人在干什么，一出门，早晚都可以看到满大街的背着书包打打闹闹、有说有笑的同龄学生，他们都触动着她的每一根神经，她甚至羡慕他们。

第三次，女儿把衣服和家里仅有的学习用品都装进了行李箱，郑重地表示：这次是真的，绝不反悔，我要读书。这期间，我们已经和老师商讨过孩子的上学问题，决定将她送到职业高中学习。在和妞妞讨论时，她选中了一所职业中专学校，学习她自己挑选的专业。将妞妞送到学校，她和我约法三章：我不做作业，我要旷课，不要奢望我读完，读得不舒服、不高兴，我就回家。这些荒唐的条件，我全盘接受。妞妞在学校里，很享受同学友谊，但是经常旷课、迟到，我们找到班主任和校长通融，老师、校长都很宽容。名义上，女儿一直在学校学习，其实，有时候甚至半个月都不进校门（中途自己单独租房子住，不住校）。我和孩子爸爸假装相信她在好好学习，并鼓励她，如果能拿到职业中专毕业证，将奖励她一辆小汽车。为了这辆小汽车，她挨到了毕业。

毕业前两个月，妞妞突然提出：妈妈，你要帮我找一个家教，我要考大学。补习也是老师请她学习，很多时候趴床上不起来，老师只好回家。最后，女儿还是参加了职业中专升大学的联考，考试成绩让她进了一所职业技术大学，继续学习她原来的专业。在大学里，她是唯一一位开车上学的学生，学校门卫一直认为她是学校外聘的老师。因为有一辆车，她身边有几位玩得好的家境也很好的女同学，其中一位同学的男朋友在英国留学，这位女同学也准备去英国留学。我告诉她，物质上的幸福是暂时的，美好生活要靠自己努力，她听进去了。妞妞知道，在这所大学，她学不到很多东西，毕业后，她也找不到好工作，也没有本领自己做工作室，她必须继续深造。这个时候，在日本留学读研的妞妞的表哥也给予了妞妞一些鼓励，加上她同学的留学想法，她也决定去留学。她最初想去法国，后来因为没有高中毕业成绩，决定去日本留学。

女儿提出留学日本，起初我们并不相信，但没有正面拒绝，只告诉她，先过语言关。因为这个时候的妞妞，还是不喜欢学习，我不大相信她能过语言关。然而，孩子苦学日语，自己找留学中介，我们只需交中介费，所有手续都是她自己办理的，我只在她出国后，在中介接过一份妞妞的资料。她去了日本，一切靠她自己，唯一有利条件是有一位哥哥在日本，这给了我们一些安心。在日本，妞妞出奇地努力，她告诉我，她在日本一天需要多少钱，如果不努力，她就心疼钱。一年语言学校之后，她考入了一所理想的专业学院，老师极其严厉，每天都把她骂哭，作业一次次返工，一次次改到凌晨甚至通宵，她一度难以坚持，是不服输的个性让她坚持下来。一个一点委屈都不能受的娇气女孩子，成长到一天不被老师骂就浑身不自在。在两年半的学习中，她的成绩一直优秀，深得老师的赞许。

四、原则

想帮助女儿走出沼泽，现实却给了我很多教训。得到萧芸恩师的指导后，我知道了该秉持哪些原则，老师指引，我们践行！

第一，相信老师，老师是定海神针。这是首要的！

第二，无论出现什么状况，告诉自己，那不是孩子的本真，我们必须无条件地爱、信任我们的孩子。父母的爱与信任，是孩子这段艰难曲折成长过程中的力量和支撑。

第三，孩子不愿意打交道的人，尽量避免见面交流，给孩子一个温暖、平和、宁静的家庭环境。

第四，有条件的话，给孩子找一个积极、健康、阳光的成长伙伴。这个伙伴必须发自内心地包容、关心、信任、尊重孩子。

第五，不要把孩子情绪激动时的言行放在心上，让他发泄就好。父母不要放大孩子的激动情绪，不要怀疑孩子的品德，默默承受就好。这一点，即使是现在，女儿已经24岁了，我依然如此，自己亲生的，自己了解，一切都只是情绪，无关品质。等孩子平静后，再告诉她错在哪里。发泄完了的孩子平静之后，会自我反省，父母事后不要过多地指责和说道理，这是孩子的自我成长，父母要做的只是：耐受和包容。

第六，最初修复期，如老师所说，"好言好语、好吃好喝、打开钱包、闭上嘴巴。"男孩子爱游戏，女孩子爱买衣服，我家妞妞也爱游戏，我们能做的就是提供服务，需要的游戏设备买回家，让孩子在房间尽情玩；买衣服的时候，打开钱包，一个劲地鼓励她买，一个劲说好看。但有一条底线要告诉孩子，不吸毒、不违法。

第七，孩子在这段成长历程中很敏感。父母的心意，点到为止。已经暗示的和父母想说的，孩子都明白。

第八，等孩子走得稳一点的时候，把更好的生活呈现在他的面前，并告诉他，要靠自己的努力才可以得到，父母只能陪伴她很短的一程。这样，孩子才会有成长的持续动力。

第九，作为母亲，要治愈好自己的焦虑和担忧，学习用祝福去代替担忧，这样对孩子和自己都很有好处。因为焦虑和担忧会导致母亲情绪失控，传导给孩子和家人负能量，要尽量克服这种心理。遇到自己心神不宁、忧虑的时候，就默默祝福他们吧，效果很好。

第十，尽量鼓励孩子出门旅游。最初是陪孩子一起旅游，去他喜欢的地方，尽量安排得轻松愉快。有时候，他可能会在景点睡大觉，这些都没有关系，只要孩子愿意，就带他出门旅游。一旦出门，不要吝啬钱，吃好、玩好、住好。记得我家妞妞在海边玩冲锋舟和沙滩车一个下午就玩了2000元，我们总是说，痛快玩，而且爸爸陪着玩。就是这一次，培养了孩子旅游的兴趣，一直到现在。

我们的下一代，都可以按照自己的兴趣设计人生，是个性化的一代。每个孩子，只要找准了自己的兴趣并不懈努力，就可以完成自我价值的实现，父母需要做的，是给他们足够的勇气和鼓励。任何时候，孩子的心中都有理想，当孩子离开父母这叶小舟，跨上理想的骏马时，父母应该做的，是用充满爱与鼓励的目光，目送我们的孩子，祝福我们的孩子，为他们人生中前进的每一步喝彩……

孩子的前程，一切皆有可能！他们的人生他们做主！我们的后半生，也由我们自己做主。祝福大家！我分享这段十年前的故事，为了感谢我们的恩师：萧芸老师！您真的是休学少年父母的定海神针！

姥姥絮语

从"成长110"到"宁馨护航"，从2007年到2017年，整整十年的时间，妞妞父母一直是宁馨的追随者。妞妞从休学到复学，尽管过程错综复杂，但凭着父母的坚持，终于迎来花好月圆的今天。

春风化雨，润物无声

谢景玲

从知道萧姥姥要在东莞开办"青春期心理卫生常识课"，我便决定要去见见"高人"——亲爱的萧姥姥。

正值暑期，火车票异常紧张，我只买到了去东莞的无座票，整整一夜坐在行李上，靠在车门边，一路晕晕乎乎，终于熬到站。

我循着交通指南，顺利抵达上课地点。宁馨家人早已在门口等候，热心地给我——第一个抵达的学员拍照留念。我在温馨舒适的酒店休整一上午，疲倦全消。

下午，我终于见到萧姥姥，那么亲切、质朴，一个拥抱，温暖如春。蜗牛老师沉稳、内敛却不失风趣，仙鹤老师的主持精彩纷呈，还有俊卿、少青、吴丹……我欣赏着他们的风采，丰富着自己的灵魂。

姥姥的课，仿佛春风化雨，不知不觉便渗透进我的生活，影响着我的所思所想和一言一行。家里的那些困难与萧姥姥丰富的人生经历相比，根本不是事！有了萧姥姥这座精神大山，我不再害怕。

暑期里，华仔的早晨是从中午开始的，我告诉自己：平心、静气，相信儿子，相信自己。我也有没忍住唠叨的时候，但基本能控制不说过激的话。暑假后期，我终于说动华仔和我一起补习功课，从一开始不能坚持多久，到有一晚华仔突然说："妈妈，这一次我没有觉得烦躁哎！"这就是收获啊！难道是我平时常常给他灌输萧姥姥的耐受力的重要性的缘故吗？欣喜。

开学了，华仔的表现令我惊讶。

首先是起床上学再也不用我操心了。有一位同学每天骑电动车到我家楼下来接他一起上学。华仔每天自己定闹钟，自己起床。偶尔到了时间见他还没下楼，我只需轻轻唤他一声即可。前一天，他甚至说要给全家做好早餐再走，虽然没有做到，我这做妈妈的心里也早已满足。家里有酸奶，他也总记得给同学带上一杯——华仔知道感恩，懂得调节与同学的关系。让我想起少青的分享，团队的力量真是强大！

华仔强烈要求办出入证，不再让我们晚上接他放学。我出于安全考虑——路途不算短，车又多，没有答应。华仔生气，不按约定还手机，我牢记宁馨静气功，给时间、给空间等他情绪平和下来，直到睡前才去儿子房间请他把手机放房外。儿子平静了许多，告诉我出入证办好后就自己回家，不用再去接他了。我回答："你要和爸爸、老师商量好，不是你自己这样说了就可以的，我也会找老师了解情况的。"这一次，有争执，没争吵，感谢宁馨静气功！事实上，我并没有去找老师，儿子也没再提这件事。请示孩子爸爸，孩子爸爸说儿子这么大了，让他自己决定吧！嗯，青春期的孩子最需要的是信任，听孩子爸爸的话，相信不会错的。

某天，我接到儿子电话，说肚子疼想回家休息，我二话不说让孩子爸去接他。很多人可能不理解，不就是一点肚子疼吗？若是以前，我也会怀疑儿子偷懒。现在我想到儿子刚开学，从假期里每天睡到中午起到现在晚上11点睡，早晨6点起，确实辛苦。对孩子，我开始有了慈悲心。而儿子也只休息了几小时，在家吃过晚饭又去学校上晚自习了。

随着和儿子的关系越来越好，儿子慢慢对我们打开了心扉，学校发生的事情都愿意和我讲。

劳动课，一位同学跟另一位去网吧，儿子担心他回来被老师骂，帮他割草，把手都割破了，等那同学回来，儿子狠狠"骂"道："你跟着他混，你能和他比吗？被老师发现怎么办？"（那位同学的爷爷曾经是这所学校的校长。）直到把那同学骂醒，下午老老实实劳动，而老师也见他认错态度好，网开一面，没有计较。在家几乎不做家务的儿子，在学校竟然有这么不一样的一面，儿子长大了！

学校文艺部招新，由儿子在广播室宣传。由于中间传达问题，儿子没做准备仓促上阵，加上紧张，中间卡壳了几次，想说的话也没说全。儿子对自己的表现很不满意，颇为自责，担心不能招到足够多的新生加入文艺部，并说自己这个播音专业的还不如非专业的说得好，人家是学霸，稿子写得好，念得也好……我听了儿子的倾诉，告诉他这一次你没有做准备，人家是做了准备的，过去了的事就算了，向前看，以后我们好好做就可以了。儿子点头称是，又说同学们都称赞他声音好听，该说的几个主要方面也都说到了。儿子对自己的优缺点有着清醒的认识，我特别欣慰。

快晚上11点了，儿子还没有放下手机，儿子解释说："有一个女同学，因为两次在学校玩手机都被年级组给抓到，现在被开除了，我在和她聊天。"儿子天性善良，心地敦厚，这样的孩子，走到哪都会受欢迎，我还有什么好担心的呢？唯有祝福！

有一天和几个朋友聊到孩子早恋的问题，我笑着说我的孩子也有女朋友。她们惊讶极了，说你不担心吗？我说我不担心，你们觉得阻止有用吗？会不会适得其反呢？事实上，没有我的干预，儿子已经在暑期里主动提出分手了。华仔后来告诉我，以后找女朋友要找个心理成熟一点的。还说以后自己要是有个女儿，要鼓励她早恋，这样就不容易被男孩子骗了。哈哈，"早恋"要"早练"。

"青春花语"夏令营里，萧姥姥的课包容万象，我觉得自己一下子成了精神富翁。回来很久了，我每天都在复习，加深认识。这些内容值得再三咀嚼，细细品味，用一生的时间去亲历、亲证。

姥姥絮语

景玲的纯粹让我很感动，虽然她家不是护航家庭，她却依然坚定不移追随宁馨的脚步。

个性化指导助迷茫家庭走向幸福

刘珊珊

2015年7月10日是"七彩虹桥心理训练营"开营的日子，我早早定好前一天晚上8点的飞机飞往深圳，虽会耽误开营却不会影响上课。可是台风来了，航班取消，10日中午当我得知这一消息时，刚好在山里封闭学习，回到城里需要将近两个小时。我马上到群里求助，又马上打电话给孩子爸爸，很快得到了大家的回应，孩子爸爸更是动用关系为我找到唯一一张下午四点的卧铺，还担心我是不是来得及回到城里上车，问我能不能请假、要不要接我等，我瞬间感动得眼眶湿润。就这样，我坐了十几个小时的卧铺，在11日早上终于赶到了东莞。

我会如此坚定地赶去上课，孩子爸爸又会如此坚定地支持我，是因为一年多前我因孩子休学而得了抑郁症，在萧老师的指导下孩子复学了，复学之路虽一波三折却越来越平稳，孩子爸爸也越来越关心我，我重新有了笑容，家庭越来越和睦，我怎能不坚定地赶去上课呢？

萧老师的课一如其人，质朴、宁静、娓娓道来，没有感人的眼泪，没有激动的场面，我好多年没有这么认真地、静静地坐在课堂上听课了。

听完课，近一年来老师指导的脉络也越来越清晰，让我明白要怎样对待青春期的孩子。老师说她是想将她自己亲证的理论传给大家，这一点让我特别感动。面对网络时代如此大的信息量，五花八门的理论，纷繁复杂的世界，到底哪个正确，哪个错误，哪个能真正帮助自己，哪个只是照本宣科，哪个是赚取眼泪，甚至是骗取钱财呢？当一个家长面临问题，焦虑、彷徨、急需帮助的时候又如何去辨别呢？相信很多家长都像我一样走了很多弯路，而萧姥姥将她十几年亲证总结出的理论告诉我们，而我也是因此不远千里来学习。

一、用亲证说话

说实话，我一开始是抱着想救孩子无论花多少冤枉钱也值得的心理找萧老师试一试的。之前我已经走了很多弯路，花了很多钱，孩子却仍然黑白颠倒地看动漫，直至彻底不去上学。

跟着萧老师后，每当孩子出现状况，我总是问老师该怎么办？也总是用怀疑的口气问："真的有用吗？"萧老师总是以坚定的口吻说："你放心，萧老师给你保证！"针对不同的问题，老师都会给出切实可行的解决办法，萧老师真的就像有个百宝箱，不断地从中掏出宝贝来，每次都特别管用，还举出实例告诉我她曾护航的家庭是如何走出来的，包括她自己的孩子。直到2016年11月，我们带着孩子到长沙去玩时，萧老师让她曾经护航的孩子小宇来接我们，并带我们去玩，可我孩子开始同意，后来又说不愿见外人，一再改变和小宇约好的时间，当我向小宇道歉时，小宇在电话里告诉我没事的，让我顺和孩子的意思，并说他当年就是这样过来的，还说："阿姨别急，随时和我联系。"多么懂事、善良的孩子，从这时起，我开始坚信我孩子能走出来。

有段时间孩子总是和爸爸吵架，而且越吵越凶，甚至动起手来，我常常不知所措，如果去维护爸爸的威信，孩子更崩溃了；如果维护孩子，爸爸更是连我一起骂。萧老师针对不同阶段、不同情况都给予了不同的指导，重点是让我注意安全，不用去管他们俩的事，并说父女俩吵吵是好事，有利于调整父女关系。在孩子离家出走时嘱咐我该尽快找回，并教我如何寻找，如何安抚孩子又不伤害父亲。到后来他们越吵越有分寸了，再吵时我完全可以走开不管，如今父女关系也越来越好了。

二、用宁静护心

萧老师指导我时一再强调宁静，静才能生慧，所有的兴奋、感动、疯狂都是短暂的，唯有宁静才能持久。青春期的孩子一半身处花园，一半身处沼泽，在荷尔蒙的作用下常常会有许多异于常人的行为，更需要父母有强大的心灵定力，陪伴孩子在折腾中走出沼泽，百炼成钢！

我孩子有段时间很瘦却还要减肥，有一次晚上我和孩子吃了夜宵回来，可她突然说我要减肥，不能吃的，我说你都这么瘦了还减什么肥呢？她不高兴地说就是要减，于是跑到卫生间里去呕，不停地呕，呕得我心都痛了，真想冲进卫生间让她别再呕了，可我还是先给萧老师打了电话，萧老师让我别急，静下心来，闭上眼睛深呼吸，静静地等孩子出来后再表示关心，不要说教，并说青春期就是这样折腾自己的，你放心，过两天就好了。还告诉我每次一折腾其实也是一次机会，适时可以启动"健身计划"了。就这样，不但一场危机过去了，还有了后来孩子的"美容计划"，直至上升为"复学计划"。办法都是人想出来的，而人只有静下来的时候才会想出办法。宁静才是心灵的守护者。

三、用温馨滋养

因为孩子是我一手带大的，为了这个家，两地分居的我放弃了副总的职务，在孩子六个月的时候来到孩子爸爸身边，一边带孩子一边工作，洗衣、做饭、搞卫生及孝敬公婆，自认为一样都没拉下，虽然每样都做得不够完美。

可当孩子出了问题时，面对公婆的责备我无地自容，面对孩子爸爸的指责我更是无比伤心。我不断自责，加上多年的忙碌，身体也出了问题，以致得了抑郁症。萧老师一面指导我看病，一面一再告诫我："不要自责，这么多年你辛苦付出，没有功劳也有苦劳。"萧老师不断地帮助我消除焦虑，我很快就戒了抗抑郁的药物。就因为有这一份温馨滋养，让我沉浸在这个温暖的环境中不想出来，所以当蜗牛老师说我孩子已经复学可以停止护航时，没想到我申请了继续护航，我说："我是想治愈我自己。"

托尔斯泰说过，"幸福的家庭总是相似的，不幸的家庭则各有各的不幸"。每个家庭都有每个家庭的问题，每个孩子也有每个孩子的问题，有些问题是人为的，有些问题是环境造成的，各个家庭的问题严重程度也不同，如何让一个问题家庭最终走向幸福也是复杂的，过程也各不相同，这就是需要个别指导的原因吧。而宁馨正是这样个性化地来帮助这些家庭的，而我希望通过亲证，不但能带领自己的孩子走出沼泽，帮助自己的家庭走向幸福，更希望通过沉下心来向萧老师好好学习，有一天可以帮助其他迷茫的家庭走向幸福。

姥姥絮语

小悦妈妈不仅是宁馨的拥护者，而且是宁馨事业的支持者，堪称宁馨的支柱。

一项前所未有的伟大事业

萧 鹰

我与宁馨相识7年了。

2010年年初，我注册了博客，不久，我与芸姐在博客中相识。

我与芸姐同年，她只比我大12天，但按中国人的习惯，大一天也是姐姐，所以我对她一直以芸姐相称。

芸姐曾在株洲工作很多年，可惜我1989年才从部队转业到株洲，并且她在南区我在北区，在不同性质的企业里谋职，那时候每周六天工作，没有网络、没有博客、没有微信，所以我们无缘相见。

我开博后，总是关注着芸姐的博客，认真地学习着，我非常喜欢她那种永无止境的求索精神，从不抱怨的平和态度，还有那一行行有灵性的文字，穿透灵魂，给人激励。

芸姐的博客先后更名为"蓝蝎子""公民与责任""知青萧芸""成长110""宁馨工作室""萧芸讲堂丹心馆"，但不管博名怎么改，心怀天下、情系民生的胸襟没有变，关心青少年身心健康、为青少年成长护航的主旨没有变。

自从关注了芸姐的博客，我就被她曲折的经历、传奇的人生所吸引，被她的顽强意志、拼搏精神所感动，被她深厚的理论功底、高超的护航艺术所折服，更被她人间大爱，奉献社会的使命感、责任感所教育、感染，以至于凡是她的博文，我无论怎么忙都要学习。

我自开博以来，结识了数百名博友。2016年6月，我因身体原因休博了，休博后，除了芸姐的博客，我停止了访问其他博友的博客。芸姐对我也很尊重，一直称呼我为"小尹兄弟"。我的文字水平与芸姐相差甚远，但她总是耐心阅读我的博文，并细致点评，让我受益匪浅。特别是芸姐的大作《黄高峰上旌旗烈——胡明皖南十四载》出版后，特赠了送我一套，让我非常感动。

芸姐创立的"宁馨丹心馆"是中国青少年成长护航的一大创举，"不是孩子的错""只有初恋，没有早恋"等口号的提出，开创了保护中国青少年身心健康成长的先河，宁馨挽救了一个又一个家庭，创造了一个又一个奇迹，帮助数千名少年走出青春的沼泽，激活他们的人生激情，给他们自信力、勇气与突围的力量，直到他们比过去更优秀，芸姐和宁馨团队是当代青少年的福星。

有一段时间，芸姐的博客更名为"公民与责任"，我非常赞赏这个名字，一个共和国公民、一个教育工作者要有强烈的使命感、责任感，为了这份责任，用一生的精力去拼搏、去献身。

我每次进入芸姐的博客，都被芸姐及宁馨团队的事迹和精神所感动、震撼，我不仅钦佩她横溢的才华、高超的护航艺术，更钦佩她对事业的执着。芸姐都进入了晚年，应该轻松、快乐地过每一天，但她不把时间浪费在玩乐上，而是夜以继日，四处奔波，超负荷地拼命工作，她为了什么？不就是为了让千万个家庭充满欢声笑语，让千百万青少年健康成长吗？现在的社会，有许多人只讲功利，金钱已成为他们追逐的目标，昔日的信仰、理想已经被丢到脑后。凭着芸姐的本事，开公司、办实业，成个富翁易如反掌，可芸姐不但不为自己赚钱，反而将一生的积蓄全部用于公益事业，她做出了常人难以想象的牺牲，为公益事业放弃舒适的生活，成为了苦行僧。为了什么？不就是为了肩上的责任吗？正如芸姐曾经回复我的一句话："为了祖国的后代，没有懈怠的道理！我现在正在抓紧培养后继人才，真到我走不动了，宁馨的旗帜不会倒下！"我是一个上过战场的人，我更觉得，芸姐的这番话，就是向祖国、向人民宣誓的慷慨陈词，与战士冲锋陷阵前的誓言是同质量的。

我一直认为，宁馨护航是一项前所未有的伟大事业，有着远大前景和重大社会意义，我为能在博客中与芸姐相识，能成为丹心馆的编外馆员和宁馨讲堂的旁听生，能受到芸姐及宁馨团队拼搏、献身精神的熏陶而感到幸运，在芸姐面前，我永远是一名学生，我将永远是宁馨的追随者，我与宁馨共成长。

姥姥絮语

萧鹰先生是部队老兵，一直是宁馨的精神支柱，是宁馨团队的"尹政委"。

点滴生活见证着宁馨的默默关爱

孙　豫

"宁馨"——宁静温馨，每当我看到这两个字就有一种来自心底的温暖、安宁的感觉，很庆幸我能走进宁馨，我与宁馨的故事很多、很多……

2014年夏，偶然听说萧老师要来杭州，于是就在网上查阅了关于萧老师的文章和报道。当我看到萧老师为了百城义行，花光所有的积蓄，四处奔波，居无定所，仍坚持为成长护航时，我深深地被老师的大爱震撼了，由衷地心疼老师；当我看到张越采访萧老师的故事，我的内心更是满满的感动；当我看到老师在西藏穿行，冒着生命危险，为青少年的成长呐喊时，我潸然泪下……

带着敬意、虔诚和激动的心情，我终于见到了老师。无论是进餐时间，还是沙龙时间，我都静静地坐着，认真聆听老师说的每一句话……

恰逢宁馨工作室在杭州成立，又恰逢老师需要招一个助理，而我又幸运地入了老师的法眼。后来，老师说，沙龙时，我就默默地坐在她旁边，没有一句话，她看中了我的憨厚质朴。我常笑说，是因为看我傻吧，傻傻地坐在那里。其实是因为我在见老师前，就做了功课，看了老师的事迹后，在高人面前不敢说话，唯有聆听才是最大的收获！之后，我很幸运地参与面谈，每个月都有一段随身学习和生活的机会，我也改口称老师为姥姥。

跟随萧姥姥快三年了，许许多多难忘的画面时常在我的脑海中浮现，挥之不去……

片段一：还记得我参加的第一场面谈，完全被震撼了，面对突发事件，萧姥姥从教父母回去后如何收拾现场，到如何和孩子说话，一句一句地教父母说，很快就平息了孩子的情绪。我为萧姥姥这种一切以孩子为重、尊重生命的处理方式深深折服！

片段二：国庆假期，我忙里偷闲，邀姥姥一起爬山，一行近10人，一路上，姥姥教我们认识各种植物，姥姥真的就是个百宝箱。很快同行的两位小朋友就围着姥姥转了，一会发现淡竹叶了，一会又发现二月兰了，直到现在，我带儿子出去玩，儿子还会找来淡竹叶给我看。

片段三：晚上一起吃饭，儿子吃得满地都是，夹的青菜又掉在椅子的把手上，姥姥坐在儿子旁边，二话不说夹起来就吃掉了，我说儿子吃得满地都是，姥姥马上说："这不是多多一个人掉的，姥姥吃饭也掉！"儿子脸上有饭，姥姥顺手拿张纸给儿子擦干净，没有一句说教，却让我这个当妈的羞愧。

片段四：姥姥结束在杭州的面谈和工作，准备回广德。我不会开车，只能送姥姥到地铁口，姥姥转身，我看着她的背影，并不高的姥姥背着接近身高一半的背包，我的眼泪瞬间下来了！

片段五：和姥姥一起买菜，姥姥自备袋子，每到一个摊点都跟卖菜的说："不要给我袋子，我这里有袋子，装在一起就可以了。"回到工作室，我看到一个盆放在楼梯上，我问姥姥是不是要用。姥姥说："不是，刚才买菜之前没找到袋子，我想用盆来装，后来找到了，盆就先放这了。"与此形成鲜明对比的是，每期开班，姥姥都嘱托我去买丝巾，要送给来上课的孩子。我说，买便宜点的礼物吧，丝巾很贵。姥姥不同意，每次都得买最好的丝巾。这就是我们的姥姥，一个塑料袋都要省，但对孩子从来都出手大方，甚至有点"败家"！

片段六：晚上一起外出吃饭，走在路上，看到塑料袋、大的树枝，姥姥都随手捡起来，扔到垃圾桶，跟我说："我没钱修路，但我可以让马路更干净。"

片段七：姥姥买了一些未加工的菩提子，让我挑一个最喜欢的，然后亲自动手，打磨、抛光，看到姥姥忙得满头大汗，我不好意思要自己来。姥姥说，这哪是孩子干的活啊，你就安心等着。至今，这个菩提子都是我最爱的手把件！

片段八：萧鼎要来杭州了，我和姥姥一起去买一些日用品，先买了双棉拖鞋，姥姥又继续挑凉拖鞋，我当时就在想，又住不了几天，何必买这么多，以后带着也麻烦。接着买毛巾，洗脸的、擦汗的……还有浴巾。当萧鼎来了之后，姥姥把这些东西给萧鼎，并一样一样交代。萧鼎说："我长这么大还没用过这么好的浴巾。"我霎时就明白了，姥姥的这份滋养是多么可贵！再对比一下自己，无比惭愧，去年侄儿来我家时，我的想法是反正住不了几天，一切从简！

片段九：姥姥每次从外地讲座或者过年回来，到了工作室第一件事就是打开拉杆箱，把箱子里的东西一件一件拿出来，"这是给多多的，这是给你的，这是给……"等把东西分完，箱子基本就空了，姥姥几千里的奔波，拉着沉重的箱子，里面装的都是给我们满满的爱！

这样的故事很多很多，跟随姥姥生活的点点滴滴，没有说教，只有以身作则，只有默默的温暖的爱！

而专业上，跟姥姥久了，越发谨言慎行，如姥姥所说，每一封邮件，每回一个字都是如履薄冰！这里的压力不是用语言能描述的！姥姥的功力不是随便就能学来的，不脱一层皮哪能得真传！

"青春花语"课，每听一次都有不同的收获。去年，即使有了跟随姥姥身边学习一年的基础打底，第一次在东莞上课的时候，我还是觉得内容很多，需要慢慢消化、琢磨。当我第二次上课时，忽然有种醍醐灌顶的感觉，又有了全新的收获。于是迫不及待地去上了第三次、第四次、第五次……就这样一次一次听，听不够，听不腻，越听越喜欢听。没有口号，没有华丽的词语，平淡，如一杯清水，但却是最解渴、最有滋味的……

"多看、多听、多想、多做、少说话"，听到的不一定是真的，看到的也不一定是真的，只有思考过的才是真的。跟随姥姥的三年，见证着每天回邮件到凌晨，见证着对孩子的慈悲，见证着永远的不离不弃……

人只有在走近之后，才能知道背后的负担，才会发自内心地心疼，这种心疼不是用言语来表达的，是用自己的行动来分担的。

感谢命运让我遇见宁馨，我和宁馨的故事还在继续……

追随宁馨！不懈奉献！

姥姥絮语

孙豫是宁馨督导师之一，执着而虔诚。"宁馨成长护航工作室"公众号就是她维护至今，两年多了，为大众提供了源源不断的温馨滋养。

内外兼修，回归父性和母性

姜 震

加入宁馨已近五年，姥姥对孩子的"真爱"，不仅吸引着孩子，也吸引着我——一位青春期少年的母亲，很自然地想要和她亲近。参加丹心馆学习，抛开外界浮躁，修身养性，内外兼修，回归父性和母性，则是每一位馆员最暖心的收获。

一、陌生人面前，孩子们却一坐几个小时

2012年寒假，儿子受某老师之邀参加萧老师在中科大举办的"青春花语"课。因为工作忙，我没有到现场，但是老师在大雪天陪着孩子福尔摩斯般寻找手机的故事，却在孩子绘声绘色的描述中深深印在我的脑海中。

第一天上午课后，为了拉近情感的距离，萧姥姥带领着孩子们打雪仗。一场疯狂的雪仗之后，一个男生忽然发现自己的手机不见了。因为上课，他的手机静音了，七八个人几乎是地毯式地搜索了十多分钟，都没有手机的踪影。丢手机的男生一路上闷闷不乐。萧姥姥调侃他："说明你该换新手机了。"他一副哭相："新手机也抵不上我的旧手机，那里存储了我五年的记忆……"

不知什么时候，姥爷不见了。萧姥姥带领孩子们回教室准备上课。到了打雪仗的地方，居然看到姥爷兴高采烈地出现在那里，高举右手喊道："你的手机找到了！"原来，这个手机特别光滑，打雪仗时高高跳起，胳膊再狠狠甩出去，手机就从他的口袋里飞了出来，落在绿化带的雪上，再滑落到了绿化带和流水沟之间的水泥板接合处一指宽的槽里去了，根本就看不到。见大家都没有找到，姥爷就专门在细小的缝缝里搜索。后来孩子们才知道，姥爷竟是公安干警出身，一时间，"神探姥爷"的名号就在孩子们间传开了。孩子们不把姥爷、姥姥当作外

人，下午的课堂明显活跃了许多，竟然还增加了十多名听课的学员。

在寒假期间，50多个少年，生生地把他们从舒适的热被窝、电视机和电脑游戏里拽出来听课，没有班主任在课堂督察纪律，也没有家长代表在现场维持秩序，在姥爷、姥姥两个陌生人面前，孩子们一坐就是几个小时，认真听讲，这的确是"青春花语"课的魅力，也是姥爷、姥姥的人格魅力了。

二、丹心馆学习，深悟社会责任和使命感

2013年暑假，我们举办了"魔法树写作夏令营"，主要的营员都来自孩子班里的同学，至此，我才算见到了传说中的姥姥和姥爷。姥爷玉树临风，姥姥慈眉善目，真是一对好夫妻、好搭档，看了让人羡慕不已。

姥姥的写作课很受孩子欢迎，姥爷对当前学校教育也有自己的看法。我从事教育工作十几年，之前也接触过大量的家庭教育理论，对于姥爷这样完全站在孩子的一边，指出"不是孩子的错"也是心存质疑的。会后和姥爷沟通畅谈，我才知道姥姥、姥爷接触的多是因家长和教师的不当教育而受到伤害的孩子，两位老师对于青春期孩子的那份"真爱"让我心生敬佩，不由地想与他们亲近。

再之后就收到了萧老师递来的橄榄枝，邀请我参加丹心馆的学习。2013年11月18日，丹心馆正式开馆授课，我成为了丹心馆的一员。

丹心馆的授课内容，全部是萧老师在长期护航实践中获得的经验，再通过研究实证之后确立的原创观点。一篇篇凝聚着老师多年心血的研究成果被无私地奉献出来，公开发表在博客上，供馆员和任何一个感兴趣的社会人士阅读学习。这种人间大爱的情怀，这种社会的责任感和使命感，不由让人心生敬意！

尽管是免费的公开课，但课程含金量绝对是100%，很多课文长达两万多字。萧老师有中小学语文教师的功底，又是作家，长期从事媒体文字编辑工作，学习的教材字字珠玑，严谨但不失优美，精炼却不流于空泛，更无乱弹成风的逻辑误区。课程中的教育理念对我来说有许多是闻所未闻，甚至是颠覆性的，可见萧老师多年来始终是成长文化的引领者。

坚持这种完全开放式的学习并不轻松。萧老师的严格认真、一丝不苟也是出了名的。最难的一关是完成作业，萧老师说，要通过作业来管理学习。开馆至

今，我和萧老师之间作业互动的邮件竟高达199封！一个学生就有这样大的作业互动量，全馆先后有一百余名弟子，萧老师的工作量简直不敢想象！而这些工作，又与老师多达几十个家庭的护航指导工作齐头并进，即便老师是在各地巡讲的出差中，我的作业邮件的回复都从未被耽搁。凌晨两点接到老师的邮件阅评可谓是"家常便饭"！不知疲倦的萧老师用身体力行告诉我们：什么是责任和使命，什么是爱与奉献！

三、召唤有缘人，帮助母亲真正去爱孩子

十二年前，当人们众口一词责难青少年叛逆、大逆不道的时候，宁馨的前身——合肥晚报"心灵航线"就已经提出"不是孩子的错"的口号。

十年前，全民追逐"成才"的时候，宁馨的前身——"成长110"已经在为青少年的成长奔走呼号了。

近年来，大家把能量概念挂嘴边，在外求安抚、求支撑的时候，萧姥姥指导我们这些馆员内外兼修，回归父性和母性，安心在家修身养性。

萧老师自称"萧姥姥"，没错，姥姥用熬小米粥、晒萝卜干、种植植物这样的家常事，帮助我们接地气，回归大自然的本源，回归人类成长的原始轨迹，帮助我们植根于中华几千年的传统文化。安下心来，静思修行，不难发现，丹心馆的学习要用"心"而不仅仅是用"脑"。顺应本心，不忘初心，就会从"人性本善"的源头找到自我修行之道，找到为人子（女）、为人夫（妻）、为人父（母）、乃至为人祖之道，所有解决问题的千招万式，不过是顺势而为的一种选择罢了。

"护花使者""成长之母"，这些赞誉对于年过六旬的萧姥姥来说不过是过眼云烟。她常常说："我现在之所以愿意宣传宁馨，就是想召唤更多的人加入队伍中来，帮助天下更多的母亲，去爱自己的孩子。"质朴的语言表达的是宁馨的宗旨和萧姥姥的心愿：倡导母亲教育，造福天下孩子！

"种下梧桐树，引得凤凰来，你若盛开，蝴蝶自来！你若精彩，天自安排！"宁馨欢迎所有有缘人的加入！

姥姥絮语

姜震老师是宁馨督导师团队的"大姐大"，也是宁馨团队的活力源泉，有她在的地方就有活力，还特别温暖。几年来，她陪伴过的护航家庭不下三十个。她主动将护航邮件通览，摘录精彩片段和句子编辑成册，作为督导师团队的培训材料。这次出版此书，也是她建议将这珍贵的内部资料公之于众，让大众获益，仁心可鉴啊！

宁馨，助我于无形

黄俊卿

说起来，我也算是宁馨众多案例中比较特别的一个了。家中并无青春期少年，自己却经历着"成长紊乱"而不知晓，是萧姥姥母亲一样的关爱温暖了我，是宁馨助我于无形。如今再回首，每一步都惊险万分。

一、我的成长：干活，还债

来自粤东农村的我一直觉得自己是个没人管的姑娘，什么都得自己搞定，自己外出读书，自己找工作，自己把自己嫁掉。

年幼时，哥哥体弱多病，弟弟调皮捣蛋。爸爸在我们很小的时候承包了糖厂，却遭搭档算计欠下巨款，只能为尽快还钱疯狂工作。我5岁那年就成了妈妈的帮手，妈妈早晨外出干活前，先把米淘好，让我按定好的时间烧火，烧到一定程度就停止，这样妈妈回家稍微加工一下一家人就能吃上饭了。有一次，柴火从灶上掉下来，年幼的我实在不知该怎么办，跑出去叫人，等村里人手忙脚乱将火扑灭后，一面墙已经被烧黑了。学会做饭后，洗衣、炒菜、喂猪、砍猪菜、给猪菜浇水、挑粪、上山找柴火，农忙时插秧、收稻，收割茶苗制作茶叶，所有的农活我基本上都干过。老爸老妈忙得没日没夜，放学后我又承包了家务活：跟小婶学会钩花，跟二婶学会缝纫，跟大姑学会潮绣和十字绣，跟妈妈学会织毛衣，三年级以后的寒暑假，我和妈妈开始利用中午和晚上做手工，赚钱交学费。

初高中阶段，爷爷、奶奶、哥哥分别因患重病离世，爸爸妈妈的任务更重，精神压力也可想而知。特别是我高二时，哥哥离世，妈妈昏倒，正值青春期的弟弟也出现了各种紊乱。经过了十几年的劳作，原来欠的款也都陆续还清了，妈妈放弃了农场的活，到镇上专心陪读。弟弟的情况虽有好转，可惜无心读书，高中毕业后经爸爸的朋友介绍，妈妈和弟弟到深圳开了一家餐馆。那时我正在上大学，假期就到餐馆做服务员、洗碗工、外卖员兼帮厨。后来弟弟回到老家在爸爸单位上班，我也通过人才市场在广州一私企谋到一份工作，就在全家人都感叹苦日子该到头时，横祸又降临。工作不满一年的弟弟挪用公款赌六合彩，单位追查，弟弟被开除，并被要求在规定时限内归还所有的公款，否则连爸爸也要被追究法律责任。为了替弟弟还款，爸爸再次借了巨债，我们一家人又重新过起了还债的日子。

我的整个成长经历就是干活，还债！爸妈无暇顾及我，从小到大很多关键节点我都很模糊，我的人生很迷茫，很多常情、常理我都搞不懂，也不知道如何去关心人，直到遇见萧姥姥，这位博学的长者给我带来了好运！

二、结缘姥姥：学习，追求

两年前，一场大病让我苦闷不堪，在家休息的几个月里，身心疲惫到了极点。

有一天，无意间看到了萧姥姥的博客，第一页便令我如痴如醉，其中丹心馆招馆员的文章更是深深地吸引了我。可是，这已是半年前的事情了，想必早已招满了吧，而且，自己也不一定符合要求啊。虽然心中很是向往，但顾虑重重的我并没有实际行动。不料，萧姥姥居然回访了我的博客，一来二往后，我发了纸条大胆问萧姥姥："博客有篇文章招丹心馆学员，不知我能否申请？"即刻得到萧姥姥的回复："你写邮件申请吧。"我兴冲冲地写了申请邮件，并追问能否进丹心馆学习，萧姥姥总是不明确回复，只是提醒我，别人都进行了半年多，你现在才来不一定能跟得上，先看看前面的课文并按要求写作业上交，跟一段时间再说吧。

颓废的我突然被激起了斗志。就这样，我开始和作业死磕上了。反正刚好休假在家没事，我先下载所有的课文电子档，再打印出来编号排列，了解课文大纲：丹心馆馆史、休学不是修行、护航个案、成长专题、写作训练……掌握学习课文必备的知识：逻辑学、伦理学、心理学、美学……每篇近三万字的课文我反复看上三五遍，用有颜色的笔标注重点。第一次交作业时，姥姥点评：眼睛蒙沙，未能穿透。我再试，再琢磨，也从博客寻迹到蜗牛师兄的博客，在蜗牛师兄的博客里发现了他之前几篇作业，我恍然大悟：原来作业要这样写！之后，我开始摸到了一点写作业的门道，后来，姥姥每次给我"A＋＋＋"的点评，让我"内啡肽"足足的，有半年时间我常盼着新的课文，盼着写作业，这种激进有追求的状态对我病后很快复原也起到了一定的促进作用。

三、身心恢复：滋养，觉悟

随着与萧姥姥的接触越来越多，我渐渐产生了敬畏感，打交道时谨小慎微，生怕做错事、说错话。萧姥姥仿佛具有穿透能力般，把我的小心思看得清清楚楚，一改刚接触时的严肃，转而像妈妈一样关心我。问我身体怎么样了，并从日常生活中给我许多切实可行的建议：比如要喝足水、多吃大蒜，还特意从美国帮我购买了保健品。不仅我自己受益，家人也跟着一起受益。她还特意送了一个花花的包包给我，原本用惯"黑、白、灰"的我，对这个花花的包包爱不释手，感觉整个人都亮堂了起来。

因为手术，我很颓废，萧姥姥安抚我，这只是一个提醒！情感上有萧姥姥的滋养，身体上参加了一些康复训练配以保健品，生活习惯及节奏也适当作了调整。随着身体的康复，我的心情也日渐舒畅起来，对许多问题也有了新的觉悟。

之前的我是一根筋，喜欢钻牛角尖，过度追求结果，疲于应对。不自觉间用同样的"标准"审视家人，平常很少有"满意"的时刻。与死神亲密接触过之后，得萧姥姥亲传，加上长期跟进作业，激活了思维，唤醒了潜意识本就具有的能量。

写"我的童年"时，我才厘清，我是在父母的期盼下来到这个世界的，我的到来让他们欢天喜地，他们如此爱我，我怎么能因为他们疲于应对世事，无暇顾及我而责怪他们呢？从此，我对父母从表面的顺从到发自内心的爱戴，我们能心贴心彼此理解和温暖。

写"我的青少年"时，盘点了自己所干过的活，若不是当初各种历练又怎会有如今的我呢？而我之前心里一直觉得父母偏心弟弟，现在，我觉得我是如此幸运。因此，我对弟弟有了更多的理解和支持。

写"我的现状"时，我终于明白，一场病只不过是一个提醒，提醒我该改变生活节奏了。而当初，知道自己需要手术时，心里除了恐惧就是愤怒，搞不明白自己这么年轻怎么会得这种病，甚至觉得生过病好像自己就不行了一样！如今懂了，身边有个知冷暖的爱人，足矣！

萧姥姥"不是更年期而是更新期"观点的提出，让许多中年妇女振奋，包括我！这让我对未来充满着激情与希望，只要想做，几时开始都不晚。同时也让我更尊重孩子自身的成长规律——成长比成才更重要，所有的个体的成长都有其独特的规律。独生子女时代，父母把所有的希望都寄托在一个弱小的孩子身上，他们身上所承受之重非他们所能承受，我们何不把眼光放长远一些呢？无需太在意眼前的一板一眼！

四、心归宁馨：信仰，奋进

不可否认，我现在依然需要通过外界的肯定得到满足，比如我喜欢刷朋友圈，整天手机不离手。我也曾试着改变，却收效甚微，仔细回味自己的心态，发现还是浮躁！

萧姥姥曾经由衷地说："俊卿很纯朴！"原来，之前之所以答应我加入丹心馆，就是因为我博客里写的菜地深深吸引了她，姥姥一直都渴望有一片自己的地。而种植蔬果对我来说很平常，我并未觉得这是多稀罕的一件事，在工厂的天台我特意围了一片地，让人拉了很多田里的泥土，种上了各种时令蔬菜。在城市里的小区，我也开辟了几块小地，种了葱、蒜、香菜等，说是可以让小孩跟泥土多接触，可能也是我自己的情结所在吧。

加入宁馨，在丹心馆学习后，我明白了世间事无非"无常"二字，纠结与焦虑明显少了，能安静下来的时刻也多了。本来不被我重视的菜地，我也开始视若珍宝，同时，也更了解了为什么萧姥姥会渴望有一片地，这完全是"内啡肽"供应站啊！

宁馨是我心之归属，是信仰！我也曾因只向宁馨索取而无付出而惭愧，也羡慕蜗牛老师能在宁馨工作，甚至私下说过："这家伙好福气啊，身在宝藏中！"谁知，萧姥姥劝我："俊卿，要好好工作！"萧姥姥再一次看透了我！生活中，总有一些事不能执意、随性，否则就是自私了，也许我将一如既往地勤奋，一如既往地激进，但心境和当初已是两种状态。宁馨精神对我的影响是巨大的，是全方位的！我的生活也发生了翻天覆地的变化！相信，未来的日子里，我和所有的宁馨人，都一定是平安、喜悦的！

姥姥絮语

俊卿是一家制造企业的管理者，但依然十分注重学习。她的两个孩子和她弟弟家的孩子一起健康地成长。谁说事业家庭难两全？俊卿的回答是："事业家庭不矛盾，就是要自己勤快！"

充满"魔法"的特训营

蜗 牛

　　我从宁馨"魔法树特训营"归来数日，情绪久久不能平静，昨夜梦见自己重装在沙漠里徒步三十千米，很奇怪，醒来却没有疲惫之感。

　　2017年宁馨"魔法树特训营"，距离上一次的特训营足足隔了三年时间。原因无他，需要精心设计，使每一位营员获得"魔法"，给自己的人生蜕变注入动力，而这都将消耗活动组织者巨大的体力与脑力。

　　2017年宁馨"魔法树特训营"，采用"动静交替"的活动模式，"静"是指室内课程，"动"是指室外课程，在室内思考，在室外实践，动与静，相辅相成。效果超乎预期，感动的镜头很多，很多，不胜枚举。

一、马背上的心跳

　　翻身上马，扬鞭奋蹄而去……

　　这只是我最初的设想，在组织这一次活动之前，我认为会有超过一半的人不敢上马。因为很多人已经有些时日没有出过家门，有几位成年人在参营之前就给我打了报告：关节炎、心脏不舒服等。在最终确认参加人数时，只有一人确认不参加，而等到最后支付马场费用时，队长跟我说只有我一个人没有骑马……

　　我没有骑马，因为作为非专业摄影师，要走到马场中间给大家拍照。几十张照片下来，浑身湿透——被吓出来的冷汗！

　　每一位都是骑手，连没有见过马儿吃草的萧鼎同学，也不用驯马师牵拉，撒欢地跑起来了。

　　令人担忧的萧老师，66岁的高龄，我们都没有安排她上马背！可是她自己却径直去了马场里面，找来一匹马，翻身即上。牧马人担心出危险，只好牵着马陪着她溜达了一圈……她优哉游哉比谁都轻松。

而我没有经过专业的摄影培训，无法通过镜头判断马儿与我的距离，摁快门前还是很小的影像，摁下快门的那一秒，马儿仿佛就跑到了我的面前，于是，下意识地冒汗了……

二、"高空速降"的激情

刘教官与胡教练，多次向我申请组织一次"速降"，让大家克服对一些未知的恐惧心理。但我连续三次否定这个提案！

我上初中以前，在运动方面可谓一塌糊涂：两百米跑步可以摔倒三次，跳高考试跳不过三十分的考核高度，跳木马把腰椎"坐"坏了，躺了一个月……

初中之后，我立志改变自己，开始每天在小腿上绑沙袋，不管走路还是跑步甚至在家挑担，也绑着沙袋。经过两年的训练，我在短跑、跳远、实心球的比赛中都拿过奖。我高中开始训练长跑，大学爱上长途骑行，工作后跑过"全马"。

我是通过后天训练习得运动能力的，深知这一帮看似身体健康的营员，要他们做"速降"，是有多为难他们。

两位户外教练"不死心"，第四次与我提起，我才勉强答应，但提出必须让我先试，我要测试作为非专业人员第一次去做这个活动，是否存在安全隐患。

从几十米高的河床上，靠一套绳子，将自己放下来。看起来容易，身临其境时，大多数人会心里一颤。

我经过测试，认为不存在严重安全隐患，同意此次活动！

但在组织之前，我们还是认真讨论了一番，对营员进行了几次梳理，做了有针对性的应急预案。

出乎意料，活动很顺利。

对我们认为可能会出现退缩的营员，我弱弱地问了一句："你敢降下去吗？"他回答："当然！"他不仅降下去了，而且动作很标准，下降过程很顺畅，达到了专业水准！最后，所有营员都降下去了，小鑫还要来第二次，而且要挑战更高难度，可惜时间不允许了……

回去的路上，我一直在思考，或者说，在做自我反省。其实，他们每个人的能量绝对超乎想象，只是在等待"一鸣惊人"！

三、沙漠穿越，浴火重生

经过一个星期的训练，我们在心理与生理上都有了一定程度的提高，按原计划，要进行一次最高难度的挑战——沙漠徒步30千米！

工作组经过几次激烈讨论，争议在里程数上。正常的徒步，往往只是对体能消耗较大，精神上是享受。但30千米的沙漠徒步，在"沙海"中，形同烤箱烤肉，听得见"嗞嗞"的声音。头顶，是炽热的太阳，你会第一次感觉到，太阳距离我们是那么近。食物并不是很重要，因为你已经感觉不到饥饿，但是你会感觉到前所未有的口渴，你会体验到水分从皮肤上蒸发，暴露在空气中的皮肤慢慢变干，慢慢变黑。放眼望去，茫茫黄沙，何处是尽头，后退，已经找不到来时的脚印，你只有跟着向导……

种种困难，不仅仅是生理上的折磨，更是精神上的考验！

在"精神鸦片"的鼓动之下，每个人都整装待发，斗志昂扬！但是，当进入沙漠腹地，看不到来时的路时，"精神鸦片"已经失效，开始有人不停地脱鞋倒沙子……

上午十点钟前，大家还能穿着袜子走在沙子上；十点钟后，必须要穿上鞋子才能隔离黄沙的炙烤；十一点之后，就不敢停下来了，大家如同"热锅上的蚂蚁"，必须不停地移动才能降低对温度的体验，但是连续几个小时的步行，体能已经消耗很大，营员们跨出的每一步都很艰难。

小锦是一位一年多没有出家门的少年，一上午的"步数"，恐怕已经超过了他最近一年的"步数"。在我的应急预案里，中午十二点要将他送到我们准备好的沙漠车上，送回"岸边"。

上午十点左右，我让小锦妈妈赶快跑到队伍前面，不要继续在孩子身后"叨叨"。但不久之后，我发现小锦妈妈还在队伍的后面"倒沙子"，小锦已经走到了队伍的中间！

我问小锦，还能坚持吗？

"能！"

只是，很快，他又落到了队伍的后面，我再问，"还能坚持吗?"

"何时是个头呀！这该死的沙子……"

"加油！"

"加油也没有用，我还是跑不到第一！"

"这不是比赛，真要比，也是自己与自己比，我知道这是你最长时间的连续徒步，而且是在沙漠里，你已经赢了昨天那个你！"

没有回答，但是他的脚步变得轻盈了……

30千米的目标，确实有些好高骛远，最终我们只完成了15千米，这正是萧老师事先交代的。但沙漠非草地可比，频繁的起伏，深一脚浅一脚的沙子，仿佛走在雪地里。滚烫的沙子"无孔不入"，鞋子、衣服里，脸上，甚至耳朵和鼻孔里，都有沙尘。15千米的沙漠徒步难度远远超过30千米的草地徒步或森林徒步。

在结束徒步前，我在一丛沙柳不远处发现了一堆干枯的树枝，枯树枝底下，有几株小芽尖儿悄悄地绽放着新绿。

四、结束特训营，展开新姿态

十天，刚开始觉得很难熬。但在沙漠徒步结束后，大家就希望每天日落时间再晚一点儿……

分别前，我与多个少年聊过天，聊天结束前我都问一句："回家有什么打算?"有的说要读职校，有的说要恢复原来的学籍，有的说准备出国……

太好了！十天的特训营，能够给大家的东西很有限，以后的每一个十天，都靠你们自己坚持，不管是在学习，还是在工作，或者在生活中，我相信你们都能够坚持。

特训营结束了，也是你们展现新姿态的时候了！祝福你们，勇敢并坚持走自己的路！

姥姥絮语

快乐了孩子们，释然了父母们，却累坏了蜗牛。他其实还是个小青年。

非凡的经历，难忘的魔法树特训营

刘　毅

天注定！这是一次非凡的经历，或许会改变一些人的命运。

短短十几天的相聚，而后各奔东西，但他们的音容笑貌却在我的脑海中挥之不去。

一、糖果姥姥——绝招频频，精力充沛

因为她总是穿糖果颜色的衣服，大方得体，还建议妈妈们也这样穿，给孩子很好的视觉感受，愉悦孩子的心情。她就是萧芸老师，一位仁爱作家，一位专注呵护孩子身心健康成长的专家，一位很早就提出"成长比成功更重要"的学者，还收获了"糖果姥姥"这个甜蜜、有趣，又有爱的名字。

她永远都是慈祥而温和地讲话，即使发脾气都让人心存敬重而不是畏惧。有孩子调皮或是情绪不好时，姥姥并不多言，只是轻轻问："我可以摸你的头吗？"同意了，姥姥便会温柔地抚摸孩子的头部，被摸的孩子居然奇迹般片刻安静下来。姥姥还有一招，对不及时起床的营员，揭开被子扒下裤子拍屁股，孩子们居然认拍，拍得哈哈笑起来，醒得毫不犹豫。当然，她老人家还有另一个绝招，对孩子们往往是"一言不合"就发红包！这个绝招是孩子们最喜爱的，屡试不爽！

糖果姥姥，身手矫健，思维敏捷，精力充沛，往往是上午授课，中午批阅作业，下午、晚上继续授课，还要抽时间为小营员、父母营员疏通心结，安抚情绪，深夜继续批阅作业。午饭通常都是助理带回去，边工作边吃饭。每天要回复很多邮件，同时还要不断地在微信里解答没有参加特训营的家长的许多问题。

糖果姥姥的课，生动形象，深入浅出，通俗易懂，特别接地气，内容涉及面广，从孩子的心理、生理、情感、教育到如何去写作、与人沟通等，对于孩子和

家长来说，是一个便于了解、易于掌握的全面指导途径。因此，参加护航的孩子们都和姥姥保持着密切的联系。就在本期夏令营举办期间，曾经在宁馨护航的孩子们喜报频传，有休学后复读成绩斐然的，有成功被国内名校录取的，有积极留学国外的……每次收到喜讯，姥姥都会与我们分享，真替姥姥高兴！

二、魔鬼教练——脸黑心热，"魔"性独特

2016年8月4日晚"魔法树特训营"开营，8月5日一早大家去蒙古源流影视城，参观蒙元特色建筑、了解蒙元文化，以此为写作素材。而我，则侧重观察每一个队员的行为。

时值正午，烈日当空，为考验大家的耐力，提升团队协作精神，增进彼此了解，我安排了第一次拓展训练。经过几次调整和指导，大家很快由最初的心理抵触到彼此相助；由初见的陌生到彼此熟络，关系也融洽了，笑声也欢快了。但与我——魔法树特训营的魔鬼教练却拉开了距离，我也是坐实了这个称呼，谁让我总是板着脸，让他们受累受煎熬呢？陈老师他们让我唱黑脸，黑就黑吧，只要是工作需要，只要对他们有益。

我们下午五点前往九城宫旅游景区，准备入住蒙古包。

踏上绿草茵茵的大草原，北方大地的广袤，湛蓝湛蓝的天空，瞬间让大家精神为之一振，旅途的疲劳消失无踪，队员们问清了入住目标，踩着散落着鲜花的草地，浩浩荡荡直奔而去。在木栅栏门口迅速插上了我们的营旗——"宁馨亲子夏令营"，就此安营扎寨。看着随风飘扬的营旗，我的唇角不禁扬起，心也随旗飞扬起来——远方的客人，鄂尔多斯草原欢迎你！

夕阳的余晖斜洒在草原上，我们的晚宴开始了：烤全羊，点篝火……浓浓的蒙古风情；香气四溢的烤肉，滚滚的奶茶……热情、奔放的蒙古人。鼓励、赞美永远是孩子最好的动力源。在我的鼓励之下，家长带头走上舞台唱起歌来，孩子们也随后上台一展歌喉，引来掌声阵阵，大家唱得兴起，一首接一首，直至篝火燃起，全体队员围着篝火与游客们一起跳着、笑着、欢呼着、呐喊着……

第二天清晨，迎着朝阳，闻着青草香，队员们在鲜花相伴的草原上奔跑。"感觉好棒！"跑在最前面的队员这么说，跑到最后面的队员也这么说。

所以，魔法树自有它的魔法，魔鬼教练也自有他的"魔"性！

三、榜样妈妈——外柔内刚，不让须眉

对于孩子的教育，家庭教育是第一位的。

在夏令营的队伍中，有位叫何颖的妈妈让我特别感动，虽然她的心脏有问题，但任何项目她都不退缩，她说："要给孩子做个好榜样。"当我考虑她的身体状况，劝她休息或放弃时，她总会说："我是个成年人，我清楚后果，也知道自己能承受的程度，在能承受的范围内，我要做，必须做！"每当此时，孩子总是对她投来关爱且担心的眼神，她则回复孩子一个坚定的眼神。母子俩就这样互相鼓励着，从没有叫过苦、喊过累，所有项目均顺利完成。真的为他们感到骄傲！

另一位妈妈叫萧然，看似弱弱的一个女子，其实有着一颗勇敢的心。当我鼓励大家来做项目时，当我让大家主动发言时，当我让大家唱歌时，都是她及时给大家带了好头，做了很好的榜样。这份勇气让人敬佩，巾帼不让须眉。

四、天才少年——共同成长，难舍别离

参营十天，每天我都讲：信任、尊重、快乐、态度、责任、自律、少言、空间、突破、坚持，并督促大家用行动来践行这些词的含义，希望能给他们一点启发。

队员们每天都在成长，每天都有改变——不合群的能帮助别人了；自以为是的能意识到自己的不妥，努力修正自己了；不爱笑的笑了；不爱回答问题的，居然开始抢答了；孩子和家长交流多了，开始相互拥抱了；为完成作业不午休，晚上熬夜；徒步中相互帮助，搀扶着前行，速降恐高腿打战也不退缩……看到这些变化，我打心眼里替他们高兴，感觉自己所有辛苦的付出都是值得的。此次少年队员都是天才少年，自是与众不同，悉心引导必将大放异彩！

十天转瞬即逝，分别之时，大家依依不舍，握手，拥抱，说不完的话……

我一直保持微笑，掩饰着心中的不舍，为的是给大家留下一个不是只会黑脸的印象。但当有家长给我们九十度鞠躬告别时，我的视线忍不住模糊了……

"在微信说吧！"有人喊道，"要误车了！"幸好现在通信发达，不至于让曾经

共患难、共进步的我们失去联系。微信里不时有报平安到家和队员的感谢的信息！家长说起孩子的变化，字里行间洋溢着喜悦！作为此次魔法树特训营工作组的一员，我感到骄傲与自豪！

五、喜雨甘霖——天公垂爱，吉兆连连

细细想来，此次魔法树特训营出乎意料地成功。

初到，孩子们、家长们怀着些许的陌生，各自担心、拘谨着，魔法树特训营到底有何魔法？如何能改变孩子和家长们的思想和行为？

傍晚，篝火晚会即将举行，却突然天色大变，电闪雷鸣，大雨倾盆！我们正联系相关人员，准备在室内举行开营仪式，岂料片刻，晴空万里！被雨淋湿的木头熊熊燃烧，篝火映红了天空。萧姥姥说："我们的特训营天公垂爱，要帮我们把场地洗涤一新！"天降甘霖于宁馨，这是多么幸运的事情！

草原上的夜晚是静谧的。繁星点点，微风习习，伴着牧羊犬的吠声，队员们在蒙古包里进入了梦乡。清晨，霞光披在马背上，照着沉寂的蒙古包，静谧祥和。马儿们甩着耳朵，悠闲地吃着青草，彼此熟络地打着招呼，时不时抬头看看早起的人们。清凉的空气散发着晨露和花草的芬芳，纯净甘甜。

接下来的十天阳光明媚，结营的时刻，却风起云涌，随之雨来；少顷，风和日丽，彩虹悬空。再次想起姥姥所说的天公垂爱，是啊，在草原上，喜雨甘霖都是吉兆，它们对魔法树特训营的眷顾不正预示着宁馨和孩子们美好的未来吗？

可爱的孩子、可亲的家长们，我会记得你们，记得你们每次流下的泪水和汗水，记得你们每次的进步和欢笑，祝福你们！我爱你们！

相约2018，我们会做得更好！

姥姥絮语

魔法树特训营的刘毅教练，他就是一个特训"魔术师"，宁馨的孩子们都爱他。没想到他的文字竟然也如此雅致。

我与宁馨，故事还在继续

蜗　牛

我与宁馨，故事很多，一时不知从何说起，姑且笔随心走，想到什么就写什么吧。

一、缘分将蜗牛与宁馨一线牵

有一首《牵着蜗牛去散步》的小诗，在很多"家庭教育"活动上被用来做开场白或闭幕词。所以，直到今天，依然会有朋友问我，"蜗牛"是不是萧老师给我取的名字。这个问题很难回答，因为每个人在问我的时候，基本都已经设定了答案——是。

我是广东茂名高州一个山村的农民子弟，家住在海拔五百米的高山上，长子长孙，自小便被寄予厚望。我大学毕业后，面临找工作的难题，所幸的是，大学期间，我开了博客"狂奔的蜗牛"。2010年某一天，与萧老师在博客里相识。萧老师让我到深圳去闯荡！

只有一个手机号码，连萧老师的全名都不知道，我竟然就这么信任萧老师，去了深圳，同学说我真大胆。其实那时候，我也并不是很了解萧老师，但凭萧老师的博客，因我手机坏掉时萧老师找朋友给我寄了一只索尼的旧手机，解了燃眉之急，我感觉这位阿姨不会是坏人。

去见萧老师那天，出门时我被电动车撞得眼角流血，朋友说还是别去了吧，可我把血擦干净就出发了。我给萧老师带去一罐土蜂蜜，大概十斤。萧老师请我吃了长沙米粉，下午就帮我找到了工作——小区保安。但是到了报到当天，我傻了眼：保安的生活环境十分恶劣，饭堂在地下室，烧柴煮饭！房间潮湿不堪！主任随便找了一套辞职保安留下来的衣服给我，都发霉了，让我拿去洗洗穿。薪酬比原来说好的低几百块，包吃住却要扣伙食费！还让我买了黑色皮鞋再去上班，我选择了放弃。不过，我并没有生萧老师的气，萧老师在深圳是住亲人家里，对深圳并不熟悉，能调动的资源非常有限。加上当时我只是一个大专学历的毕业生，也毫无工作经验，在深圳这个人才济济的地方，做服务员都不够格，给我找到一份保安的工作，已经很不容易了，我还是非常感谢萧老师！

我没有当成保安，最后却很顺利地找到了一份教书的工作，与萧老师的联系也从未间断。之后，我便一直追随萧老师学习至今。

二、两百万字磨砺坚毅理科男

我第一次参加面谈是在深圳长城茶社。那天很冷，包厢里却很热，越听越来劲，头却很痛。我傻傻地听，就像在听故事，几个小时下来，笔记本上写不够十个字。第二次参加面谈是在浙西大峡谷夏令营期间，第三次在杭州，第四、第五、第六……数百个日日夜夜，数百小时面谈旁听、记录。负能量、枯燥、孤独……三四十场听下来，开始有强烈的身心不适，一听到"面谈"两个字，就立刻出现身心反应——恶心、胸闷，吃饭菜如同嚼蜡。我开始想：婆媳关系为什么解决不了，为什么要结婚？为什么要生孩子？为什么要……

因为自己笔记没做好，第一次整理面谈笔记要借阅萧老师的笔记，但是又看不懂老师龙飞凤舞的速记天书，往往萧老师的笔记一页纸，我要看上半天时间，才能看懂百分之六十，剩下的全靠猜和当时的记忆。所以，第一次书写出来的面谈纪要，惨不忍睹，用词不贴切、过于尖锐、逻辑不严密。

我天生对语言很敏感，一直以来英语成绩都很棒，语文成绩也不差，作文常常被作为点评的范文，对大部分学生感到头痛的文言文，我也感到很轻松，古文翻译常常不需要看注释，凭感觉走。不过，说到底我仍是个理科男，对"豆腐块"很不喜欢。我写到第二十份纪要时，开始厌烦，经常随便整一份交给萧老师，把萧老师气得够呛。

一百多篇"面谈纪要""护航计划书"的起草，包括月总结、月计划、年总结、年计划、作业、日记等文字材料，接近两百万字，一名理科生向文科生的转变，可能比念四年大学更高效。萧老师还鼓励我，写一本《在宁馨的日子里》。

我就像那个蹒跚学步的婴儿，萧老师像极了我那从未谋面的姥姥，她手中有一朵格桑花，总是让我不由自主地朝前走。我脑子里经常转动回深圳教书的念头，口里也不时念叨要回去，但是脚步却从未犹豫。因为，一份份"纪要"和"计划书"涌来，总是让我无法停止思考和脚步，直到今天，宁馨已经成为我生命中的一种重要能量。

三、填补青春期心理卫生空白

初中有本《青春期生理健康常识》课本，普及身体脏器功能常识，也普及青春期性生理的常识，包括性器官、第二性征的常识普及，但是没有安排老师上课。在一定程度上，我认为青春期的心理健康比生理常识更为重要。

我第一次聆听"青春期心理卫生常识课"，是在2013年暑假的深圳夏令营，因为多种原因，并没有系统听完十二节课，我完全不知所以然。2014年夏令营，在浙西大峡谷，作为组织者之一，我有很多工作要做，同样没有系统听完。既因为工作劳累，也因为刚从深圳转移到浙江，第一次出那么远的门，还没有适应，还有就是我沉浸在失恋的痛苦当中……几节课上，我都昏昏欲睡。

夏令营结束之后，萧老师对我说，下一次的"初恋"由你来讲最合适不过。这可把我吓坏了，课程内容尚未听明白，怎么能讲课呢？但这是工作，好在我也有几年从业经历。我不得不自学这个新颖的体系，反复修改课件，包括顺序、字体、图片。上课前自我感觉良好，但是上课时完全不知道自己都说了些什么。不过，我第一次对"青春期心理卫生常识课"的内容有了一个轮廓，有了全新的认识。之后，我在东莞旗峰中学初一年级进行了系统授课，对该课程有了更深入的认识与了解！人生天地间，自然属性、社会属性、自然责任、社会责任……对青春期孩子常问的"人为什么活着"进行了完整、生动的回答。社会纷繁复杂，因果一线牵。做人做事，播种什么种子，未来就收获什么果实，酸、甜、苦、辣、咸都是自己调的味道。

毋庸置疑，"青春期心理卫生常识课"也是一门励志课，值得每一个人认真学习。

四、辗转各地到处"玩"的疲惫

国庆之前，俊卿姐给我家里快递了一箱猕猴桃，国庆我与萧老师到了昆明，因为一直忙，忘记告诉家里人。

从昆明往南宁的火车上，未到十点，车厢里前后、左右、上下都在"拉锯"，此起彼伏，我又忘了带耳塞！那种烦躁不知如何形容。我妈给我打了个电话，我心里烦，直接挂掉了，第二天回拨，原来是猕猴桃的事情。我跟我妈说我在出差，把这事儿忘了，现在在南宁。我妹在旁边，一听说我又出差，她就哭了，"阿大到处玩，都不带我"。

原来，在我妹眼里，我是一个到处玩的人……我真是比窦娥还冤！

高楼、酒店、餐厅、车站（机场）是我的主要活动场所，面谈、上课是所有活动内容！正如萧老师所言，那些年走过的地方，都只有一个名字——城市。

2016年1月22日，我从杭州到了东莞，准备把手头上的事情做好就放假回家，结果到了26日被告知长沙正在组织一次"青春期心理卫生常识课"，29日晚上要到达长沙，30日开始上课。我买不到火车票，买了飞机票，从深圳飞长沙。从东莞到深圳机场，按往常是1小时15分钟，29日正是周五，为了避免塞车误机，我提前一个小时出门，结果车上就我和司机大哥两个人。道路畅通无阻，五十分钟就到了机场。

我去办理值机手续，被告知太早了，暂时办不了！7点30分办好了值机手续，距离起飞还有两个半小时。8点30分携程发来信息，飞机航班调整，起飞时间预计为11点10分（原来的到达时间）。9点30分，机场广播系统告知，因为飞机航班调整，起飞时间预计为11点50分。11点，机场广播系统通知：飞机刚刚着陆，需要做清洁卫生等起飞准备工作，请等候登机通知。11点40分，我终于登机。到达长沙时间是30日凌晨1点30分左右！我取出行李，坐上出租车。司机兜兜转转，到达酒店已是凌晨3点，简单收拾一下，睡下的时间大概是3点40分。我因为太疲劳，躺下去之前忘了关闭窗户，早上6点左右窗外的大马路车流量猛增，车速飞快，轰鸣声将我"揪"起来了。我没吃早餐，8点去会议室，一直到晚上下课，回到酒店又读了几个当天的邮件，又是接近凌晨才躺下去……

30日和31日上课，1到3日平均每天两场面谈，4日从湖南飞往湛江，兜兜转转4趟车，5号下午才回到老家。朋友说你可以休息休息了，他不知道我是背着巨大任务回来的——5份面谈纪要，6份护航计划书，1份月总结，1份月计划，几份作业……

五、温柔安抚对孩子们最有效

萧老师告诉爸妈们一个安抚孩子的有效方法：用肌肤之亲的方式，温柔地抚摸孩子的脑袋，抚摸孩子的背脊，并且辅以喃喃的语言安抚。

还记得我在学校教书时，很多一年级的孩子都喜欢我，不管我有没有教过他们，不管是男孩女孩，都喜欢"挂"到我身上。印象最深的一次，是一次值日，我在操场上的树荫下坐着。一个小姑娘牵着妈妈的手走进校门，她妈妈还没帮她把头发扎好，小姑娘看到我，直接冲过来往我怀里钻，把她妈妈给吓住了。低年级的班主任如果哄不来孩子，也会请我过去帮忙，有几次跑到我课堂上来找我帮忙……

很多老师向我请教方法，我说不出来，但我有一个本能的动作，孩子往我身上"挂"，只要我能腾出一只手来，我就抚摸他的小脑袋。孩子哭了我一定不问"怎么了"，先用手指给他擦掉泪珠，带离现场，给孩子倒一杯开水，如果我有水果，我会给孩子一个水果。自始至终，我都不问"怎么哭了"，更加不会说"你别哭了！"如果继续哭，我会抚摸他的小脑袋，让他把开水端起来暖手。结果，孩子都是哭着哭着就停了，并且会一五一十地告诉我发生了什么事……

六、宁馨如矿泉水般滋养身心

母亲在家种了很多大蒜，但是蒜瓣很小，只有市场上那种蒜瓣的三分之一大小。我嫌弃家里的蒜瓣太小，不顾娘数落我浪费，从市场上买了一大袋大蒜回家。

除夕我掌勺，蒜苗回锅肉、青椒炒鱿鱼、蒜蓉油麦菜、酸辣土豆丝、剁椒鱼头、荷兰豆炒粤式腊肠……好几个菜都要用到蒜蓉，我剥大蒜瓣，我妈剥小蒜瓣。我妈才把蒜瓣皮剥开，很浓郁的蒜香味就冲我鼻子里来了，而我买的大蒜瓣，剁碎了都没多少香味……

想起第一届宁馨冬令营，营员直接向我进言："你们的活动应该一环扣一环，那样才能让大家更激动，你可以多参考春晚那样的大型晚会……"听了他的建议，我回去搜集了大量的活动视频，晚会、演讲、综艺活动等，但是我没看几个，就不想再看了。第一，萧老师有多年的媒体工作经验，而且是以擅长"策"著称的湖南人，如果要精心去策划一个活动，必然会很出色！第二，宁馨不是一个文艺表演的舞台，宁馨工作室所组织的活动不是文艺表演，我们不需要表演。宁馨是为焦头烂额的家庭解决实际问题的，不会打"鸡血"！

有人喜欢喝酒，因为酒精可以让人飘飘然；有人喜欢喝可乐，因为可卡因容易使人兴奋、不知疲劳；而宁馨，却是一瓶矿泉水，不能让你飘飘然，也不能让你极度兴奋，但是她是身心所需的，能让你安静下来，能帮助你成长！

2016年，我成为宁馨首批督导师，既是对我过去努力的肯定，也激励着我继续前行。我与宁馨的故事，还在继续……

姥姥絮语

宁馨就是一个蜕变的助推器，姥姥就生生地把一个物理系的男生变成了一支中文系才出产的"笔杆子"。

附录1　萧老师经典语句摘录

一、饮食起居篇

1. 一日之计在于晨。最好早餐能做儿子喜欢的食物。你们现在是补偿期啊！

2. 很好！接近1500毫升的标准了。饮水越多，内分泌的透析就越干净，免疫机制的平衡就越稳定，状态就越好。

3. 爸妈一定要让孩子睡安稳觉。周末一定要补觉，睡到自然醒。睡觉始终都是学生的难题，也是成长的重点，仅次于喝水。

4. 吃是孩子的第一情感通道，他的需求除非有害健康，否则父母都应该顺和。

5. 孩子吃好了，第一需求得到了满足，情绪就会顺和下来。有顺必有和。

6. 很好！妈妈储备充裕，孩子选择有余地。孩子们的胃口也如同情绪，一时晴一时雨的。

7. 儿子能睡觉就是好啊！能睡说明内心焦虑、恐慌没有了，能睡好就能整出内啡肽。内啡肽饱满了，多巴胺机制就激活了，自信心、责任心和使命感都来了。

8. 希望他能睡24小时。睡眠质量代表内心压力状态，睡眠越是充足，内心压力越是舒缓！

9. （洗澡后，孩子一个人唱歌）很好！舒坦了！禁锢的心灵也获得了一次完全的释放。

10. 早餐宜清淡，增加粗粮，软硬搭配，一定要有热饮配餐。

11. 很好！今后要和孩子约定，起床是自己的事，爸妈不负责喊起床。因为强制起床情绪差，对身体不利，调整起居作息是慢慢来的过程。

12. 很好！慢炖锅的汤要煲起来。家中常有汤，妈妈心不慌。

13. 购买插电的慢炖锅、能预约时间的电饭煲各一个。慢炖锅是煲汤的，每天早晨上班前放好汤料，插电定时，中午回家正好煲好。滚汤里可以烫青菜，可以加冬瓜……。电饭煲早晨淘好米，预约时间，然后中午你们回来饭熟了。早晨准备好午餐的一个菜，洗好切好配好料，中午回家炒一个菜还是来得及的。一顿饭就好了。关键是中午爸妈回家来，就是一种心理干预的行动，打断孩子的沉迷状态。

14. （妈妈开始在家里学做蛋糕）很好！妈妈有女人味了！夫爱、子爱都会加深。

15. （孩子平时戴的眼镜坏了，妈妈立刻拿出备用的）这个备用的眼镜真的是管用！很多家庭的必备品都是捉襟见肘。妈妈的机敏可见一斑。

16. 很好！清闲行走，悠闲购物，自然流畅，惬意恬适，养心之行。

17. 女生将来要为人妻为人母，必须要学会整理内务。妈妈从现在起，先帮孩子养成爱整洁的好习惯，让孩子容不得凌乱，先从叠被子开始吧！

18. 爸爸做得一手好菜，那得分又增加了！尤其女儿基本都是小馋猫，对爸爸的味道尤其痴迷。

19. 真好！除垢刷秽就是心理治疗的一种。女儿这次的劳动，相当于一次成功的心理干预。

20. （妈妈：让孩子住主卧，确实让我有点不能接受。我觉得老人应该是家里地位最高的，也应该住最好的房间。孩子没有贡献，却这样享受，是不是太溺爱了呢？）孩子不是在享受，这样的孩子根本不知道享受，她完全沉浸在自己的世界里。你们作为天使的父母，应该给孩子一个天使的伊甸园。这样的孩子，是水晶，稍不留心，就会被损坏。

21. 告诉孩子，上帝看到人类疲惫不堪，所以，划出一个周末让大家好好睡觉休息！周末就要睡到自然醒。

22. （孩子一直看手机，妈妈担忧）虽然看手机很伤身伤神，但是总比发呆抑郁好！这也是转移痛苦的一种方法吧！

23. 要注意空调的温度设置，并且不能连续开空调四小时以上。每四小时要休息一个小时，否则易患空调病。

24. 整理内务是孩子状态好转且稳定的征兆。整理内务会促进情绪舒爽平稳。

25. 饥一餐饱一餐，本来是说饮食没有保障，现在都成青春期常规了。没关系。一天饮食不周全，正好空乏其肠胃，清肠。

26. 宁馨护航要求父母中午必须至少有一人回家陪伴孩子进午餐。

27. 休学的孩子，饿了吃、困了睡，一切回到原始状态。这是规律。

28. 希望分一点时间到阅读以及身体锻炼当中，看电视的时间在一个半小时以内为宜。

29. 早餐一定要有豆浆、牛奶、酸奶等流质或半流质食物。果汁是最好的滋养。

30. 你们对孩子的爱，要通过味蕾传达出去！

31. 可以喝柠檬水，餐前喝柠檬水是很开胃的。

32. 妈妈不要盯太紧，只有病了之后才会知道自己的过失。让他冻、让他病，然后他才能知道冷暖。

33. 饭菜难煮秧难打，当妈妈就要耐得烦，不怕指责和挑剔！

34. 给孩子留一点菜，哪怕他真的在外面吃了，回家看到还有他的饭菜，心里都会暖暖的！

35. 炒米饭里可以放青菜啊！也可以做成菜泡饭，又香又鲜。菜泡饭就是把米饭炒狠一点，然后加点开水煮煮，再放青菜。味道好还有利于消化，对孩子有帮助。

36.（妈妈没有及时给孩子准备早餐）有一种负面情绪的爆发叫作低血糖效应。青少年期是孩子的成长期，此阶段的孩子代谢功能旺盛，消耗能量大，几个小时未进食，血糖就会很低。婴儿饿了会大哭，就是因为能量低产生了恐慌，胃肠空乏，还会有蠕动摩擦的痉挛疼痛。所以，说不清道不明的难受就发生了！很多时候，忽然而来的情绪，大多是这样的原因。所以，妈妈要做好随时可以吃的有糖分的软食，让儿子随时可以吃到！

37. 孩子肠胃不好，不能吃鸡蛋和肉，这是起码的常识，不是说贵的就是好的，食物要合适！

38. 机器人妈妈，儿子感冒了，居然没有什么行动！

39. 女儿没回家，妈妈能睡觉吗？看来，您的母性几乎枯竭！

40. 爸爸或妈妈可以打电话或发信息提醒孩子，什么东西在什么地方，要把早餐吃好，否则容易得肠胃炎。

41. 妈妈错了，就是饿着，也不能坏了规矩。往往父母是填了一个坑，在前方又给孩子挖了一个洞。今后决不允许餐具和食物进房间！这个漏洞会导致良好习惯大面积塌方。

42. 关灯不一定是睡着了，失眠比熬夜更糟糕、更恐怖！

43. 进餐时不适宜谈事，更不应该谈严肃的政治！

44. 请你们中午抽空回家，陪伴孩子吃午餐。此时无声胜有声，父母和孩子之间讲究的是默契，是心有灵犀。父母只要陪伴孩子，就是滋养孩子了。

45. 重视孩子的饮水，尤其是通宵熬夜后，孩子会非常饥饿与口渴。这时候，妈妈应该给孩子端一杯水。夜间各个器官都在排毒，不管你是否进入睡眠，一旦缺水，肾上腺素就会往上飙升。

46. 内分泌失调的孩子，要杜绝吃烧烤，多吃蒸的和煲的食物。

47. （吃饭时妈妈端了一杯蜂蜜水给孩子）这个很危险，蜂蜜与很多素菜都相冲，饭前饭后一小时内不要喝蜂蜜水。

48. 妈妈中午没回家，孩子幽闭9小时，这是最伤害情绪的缺失。

49. 家务事，从来都是谁主张谁负责！妈妈为什么要孩子接受？

50. 不管孩子是否起床，爸妈都要为孩子准备早餐。

51. 外出不管是散步、遛狗，还是远行，都要有一个小背包在身，里面有：小外套、干毛巾、水杯、创可贴、风油精。

52. 常规作息不是孩子的理智可以调控的，而是免疫机制的事情，会调整好的！先让孩子顺其自然吧，睡觉难道是躺着闭上眼睛就能睡着吗？

53. 不可以一个人在家过夜！孩子的现状需要的是陪伴和滋润，不要锻炼和独立！

二、亲子关系篇

1. 寄语爸妈：有一种高大在人格，有一种美丽在心灵。

2. 很好！妈妈柔情似水，儿子自然开朗。

3. 戏说才是化解尴尬的出路。

4. 儿子对妈妈的依恋，是孩子走出沼泽的拐杖。

5. 儿子和妈妈调皮是好事啊！儿子聪明就会这样。

6. 儿子撒娇，说明妈妈母性魅力强大。

7. 父母敬孩子一尺，孩子会敬父母一丈！

8. 假如妈妈中午不回家，孩子的中午就会是孤独、郁闷的。这种非正常生活要持续到傍晚，再好的孩子都会变得迂腐。

9. 很好！儿子眷恋妈妈，这是最有利的引领状态，也凸显妈妈是可爱的。

10. 妈妈要更加谨慎、细致，温馨滋润不可懈怠啊！

11. 孩子开始关爱妈妈，要和妈妈分享食物，这是最大的爱！

12. 请爸爸尽量把用来看手机的时间陪伴女儿吧！你们现在需要加倍补偿过往的过失呢。

13. 妈妈还是要进一步矫正观念，不要歧视孩子，要有悲悯心，以慈悲为怀！

14. 爱孩子是好事，但是假若失去分寸，爱就会变成害！这是妈妈今后要把握的关键。

15. （孩子因为不想妈妈担心所以撒了谎）知耻者勇！知过者智！

16. 请爸妈一定要清楚：孩子一直是很好的，姥姥护航主要是要管住爸妈，让爸妈的头脑不要发昏，情绪不要打醉拳！

17. "二月逆流"过去了！迎接新的觉醒和觉悟吧！孩子信赖妈妈了，是最大的收获，未来就靠信赖作为支撑了！

18. 妈妈需要开窍，多看、多听、多想、多做、少讲话，讲话之前先思考三秒钟，到嘴边的话咽回去重新说。

19. 孩子身上必然有父母的影子，他一直在你们的影响下成长呀！

20. 很好！拨开迷雾，卸去钢盔，还原母性，这个妈妈的心柔软了！

21. 孩子们之间发生的事情，仅仅是倾诉，妈妈听听就行，只说："啊，这样啊！""啊，是吗?"

22. 没关系，风雨过后见彩虹，有利于重新修复亲子关系！

23. 孩子自己在挣扎中，妈妈不能强调自己的感受啊！

24. 孩子总是被父母安排，他的自我在哪里? 他的自我怎么能伸展呢?

25. 父母的焦虑就是孩子成长的绊脚石！

26. 沟通效果好，是拯救！沟通效果不好，是伤害！

27. 很好！妈妈今后袒护儿子，还要更加强硬：谁说我儿子坏话的？明天我去找他算账！去帮妈妈找到那个人的电话号码或者微信什么的，妈妈和他没完！其实孩子最在意的是自己在妈妈心中的位置。

28. 很好！父女的互动温馨、滋润。孩子都是给点阳光就灿烂，同样，对孩子来说，不经意的一句话也可能是灾难性的伤害。

29. 你们用期待编织成的罗网，把孩子网在其中。

30. 父母的觉醒，是孩子改变的集结号；父母的觉悟，是孩子前进的冲锋号。

31. 女儿最在意爸爸，所以爸爸那里的小风小雨在女儿那里都是狂风暴雨，爸爸难当啊！

32. 很好！家中有个爱闹腾的青春期女儿，当爸爸是得有足够的肚量和灵活性。

33. 女儿的失控，就是父爱滋养的缺失造成的。没有父爱的支撑和滋养，女儿的状态会越来越不可控。

34. 孩子是在撒娇呢，会撒娇的孩子容易拯救，不撒娇的孩子难拯救！

35. 爸爸、妈妈和爷爷都非常自我，所以，孩子就超级不自我，总是自以为非，这不是好事啊！

36. 很好！适时宣泄，爸爸当了呵护女儿身心健康的垃圾桶。

37. 修复期的亲子关系，风吹不得，草动不得！爸妈言行要非常谨慎！不管怎样，先顺遂他的心愿！孩子的话，听一半、想一半。

38. 要告诉妈妈的是：人间可以有娇娇女，也可以有娇娇妻，但是，人间绝无娇娇妈。妈妈若是娇娇妈，不是孩子的灾难，就是妈妈的灾难。

39. 妈妈有吉祥三宝：智慧、机敏、执行力！

40. 很好！妈妈弱势，有利于女儿自信心的养成。

41. 过去亲子关系失衡的时候，会很脆弱，所以以顺和、保护为主。现在亲子关系正常了，就要开始管理和引领了。

42. 爸爸终于放松了！作为公务员，确实需要谨慎、谨慎再谨慎。但是，在家里当爸爸，要放开。爸爸在女儿面前作萌状，会增加人格魅力。

43. 很好！父爱的支撑就是女儿的胆魄。

44. 父母和孩子，不是老师和学生的关系。父母是用做人做事的方式影响孩子，请妈妈一定不要把老师的角色带进家庭！

45. 很显然，爸爸的沉默把孩子打回原形了！请记住，孩子状态的滑坡是从爸爸去外地工作开始的，之后的恶化，大多数都是源于父子冲突。所以，爸爸的情绪状态，就是孩子的情绪指标！

46. 要想方设法给女儿整内啡肽，太理智的妈妈，太公式化的爸爸，会让女儿很压抑，这就是病根所在！

47. 妈妈安心陪伴，改变的是你自己，而不是孩子。建议越多，孩子越是拒绝，越是反感！青春期是孩子当家做主的时期，妈妈不要干预！

48. 爸爸要注意，不要把职场上的权威带到家庭里来！

49. 对于事业大于一切的不称职的父母，对孩子的任何事情都会感到头痛。而对于纯粹爱孩子的父母，会为孩子进取！天下无难事。

50. 思想的交锋是必需的，只要频率不过高。

51. 爸爸应该适当地娱乐娱乐，尤其是陪伴女儿，很多刻板的爸爸，就是在女儿的陪伴下，变得懂生活、有情趣了。

52. 父母的焦虑是孩子走出成长沼泽的最大阻碍，父母的焦虑会带给孩子巨大的心理压力，很多孩子往往因父母的焦虑扭曲了自我。

53. 妈妈处理得很好！在孩子情绪失衡，自己不在身边的时候，不是生硬拒绝，而是采取了有限满足的方式，有效地制止了孩子的情绪崩溃。

54. 这个节骨眼上，妈妈可以借题发挥发飙一次，不妨把平常窝心的东西倒他个天翻地覆。偶尔要露露狰狞！

55. 缺乏父爱支撑的女生，都没有安全感。

56. 很好！闭嘴是优雅的行为，絮絮叨叨是失态。

57. 很好！让女儿关心妈妈的状态，而不是妈妈盯紧女儿的状态。

58. 这样的谈话要尽量少。爸爸不要说教，要注重情感的滋养，温馨陪伴。

59. 父母如果被孩子的情绪牵着走，局面必然越搅越乱。而父母的安定是一种强大的心理暗示的力量，可以让孩子安定下来。

60. 第一周期以顺和为主，这是为亲子情感"存款"，到第二周期才能"取款"。

61.（妈妈喜欢参加各种社交活动）妈妈一定要好好陪伴孩子，不要把自己看作囚徒，随时准备往外冲。

62. 不应该让孩子为难，为难就是让孩子肾上腺素飙升，最终失衡崩溃。

63.（外婆对孩子休学很不满，妈妈无法说服，继而反驳）必要的交锋是应该的！总不能为愚孝而害了孩子吧。

64. 创造一个机会，让孩子性情一次，也是一种激活啊！

65. 很好！热情款待孩子的朋友，是良母典范，妈妈看重儿子的朋友，儿子自豪。

66. 父母要勤学习，少泡群，父母不伴随孩子成长，就与孩子对不上话了。

67. 很好！和妈妈分享社团的事，是孩子给妈妈的奖励。

68. 很好！总记得自己有孩子！只有把自己的孩子照顾好，才有资格去管别人家的闲事。

69. 很好！点到为止，分寸很关键！今后任何事情都要这样，青春的火药罐子小心碰。

70. 爸爸可以不要管孩子。威严的爸爸都是沉默的，最没威望的爸爸就是碎碎念。

71. 亲子关系是否能修复好，以孩子是不是找爸妈撒娇为参照物！

72. 虽然孩子懂事，但是，妈妈今后还是要谦和、低调、灵动一些！不要再耍大小姐脾气了！

73.（回来后一家三口边吃水果，边看电视，看了一半，我说让爸爸陪你看吧，我要睡了，女儿说再看会，结果看着看着我睡着了）提早撤退不可，看睡着了孩子满意。妈妈尽心尽力了。提早撤退显示妈妈的强势，看睡着了显示了妈妈的弱势，孩子的心就平和了。

74. 孩子每一次崩溃，都是一次发泄，父母遇到孩子崩溃的情形，先把孩子带离现场，进行安抚。父母的焦虑、烦躁、不知所措，只会增加孩子的内疚，孩子不断地自责只会加深他的心理阴影。

75. 过去孩子主动做家务事，并非好事，是她内疚的行为表示。现在孩子要赖了，其实就是撒娇。给孩子的少年人生更多温情的滋养，让他的内啡肽更丰盈，增强他的人格魅力。

76.（吃饭时，想着女儿早上才睡，饭也没吃，眼泪差点流了出来。）不必如此，孩子只是作息不正常而已，大部分休学孩子都是如此。父母的眼泪，会加重女儿的"负罪感"，对她并不好。你们的担忧，她都知道，都能感受到，眼泪反而成了自我开脱责任的替罪羊，必须做出行动来。宁馨护航不相信眼泪，只相信执行力：你做了没有？你做好了没有？

77.父女相处的时间里，最不喜欢妈妈插进来，母子相处时最不喜欢爸爸插进来，这是伦理的秘密，也是伦理的规律。

78.孩子转念是需要精神碰撞的契机的。

79.（妈妈说：早上好，一天愉快！）请用自家人习惯的问候语，这些流行的模式化的语言真的很生硬！灵活一点、风趣一点……

80.（妈妈发现孩子又抽烟了，不舒服）接纳比不舒服好！不舒服会影响内分泌平衡，殃及免疫机制，危害身体……不要和自己过不去。

81.好现象啊！妈妈当靶子、当垃圾桶是正常的，姥姥也是啊！心甘情愿当靶子和垃圾桶吧！不要和孩子爸争风吃醋啊！

82.爱，是必须落实在行动上的。爱是奉献！爱是付出！爱假若被行动架空，就成为了虚拟的油嘴滑舌！

83.不管如何，父母都无需抱怨，抱怨只会使你们的肾上腺素飙升，影响内分泌平衡，导致免疫机制紊乱，因小失大，恶化情绪，造成恶性循环，只有积极想办法去解决问题才是正道。

84.爸爸的成长，就是在和女儿相处的挫折中、挣扎中完成的。虽然孩子爸爸不对，但是他必须有这个被女儿拒绝的过程，才会觉醒，才会觉悟。你代替不了，更包办不了！

85.妈妈知道吗？打不散的父女情！拆不开的父女缘！

86.要控制好自己的情绪，一个脆弱的爸爸，支撑力不够，就是女儿的不幸之源！

87.人生得一知己足矣，成长必然是孤独的，妈妈不能把"孤独"作为负能量标签贴给孩子。

88.理解老人！谅解老人！孝顺老人！关爱老人！但是绝对不盲从老人。老人干预下一代是不符合人伦规范的。各顾各的儿，各找各的妈，孙子不要祖宗来严管。

89. 孩子的内心里，还有很多没有化开的冰霜。请爸妈的情感升温陪伴吧。

90. 妈妈尽量不要跑到孩子前面去，太主动就成了妈妈包办一切，效果很差！

91. 没话找话生是非，没事找事起波澜！

92. 说话注意方式方法，"你昨晚没睡？"是负向问句，表示怀疑不信任，慎用！应转换成正向的语言，正向的表达，比如"你昨晚睡了几个小时？"一来肯定对方是"睡了的"行为，二来对方回答会更具体。

93. 妈妈不可任性！妈妈的一举一动都关乎全家人的安危和悲喜！

94. 切忌用别人家孩子的事迹激励自己的孩子，会适得其反！

95. （今天是周末，妈妈和爸爸都不上班，爸爸要去参加同学聚会，一大早就出门了。）爸爸平日就出差多，还这个聚会那个聚会的，还有多少时间陪伴自己的女儿？女儿没长好，您的晚年还有安宁吗？这一年是您这当爸爸的用父爱滋养、支撑渗透给女儿的关键时刻，可您在玩忽职守啊！

96. 妈妈的焦虑也不是没有道理，但也很没道理，妈妈背负的太多，情绪不好是正常的，没道理的是儿子状态越来越好，母亲越来越不满足。

97. 做纯粹、自然的父母，不需要分析自己的行为，也不需要分析孩子的言行，你们就只是"爸"和"妈"，不是教育家，不是哲学家，更不是心理学家。

98. 休学的男生面对一个灵魂到处游走的皮囊妈妈，确实乏善可陈啊！

99. （妈妈希望孩子明天和自己一起陪外婆逛公园。）孩子到这个年龄，已经要独立了，不会再配合爸妈应酬了。你们孝顺爸妈不要拉上孩子。否则，孩子就会成为人情来往的工具，后果糟糕。可以邀请，但是不能试图让孩子屈从。

100. （吃晚饭了，敲半天孩子的门没有声音，也不出来，心里有些恼火。）不是孩子不听话，是叫门的人笨！为什么不把这程序情趣化一些呢？

101. （爸爸打电话说别买女儿想吃的糖，晚上和女儿一起出去买，顺便活动活动。）爸爸错误。父母不能对孩子用技巧。买了糖，孩子高兴，内啡肽上升，会欣然外出。没买糖，孩子沮丧，内啡肽下降，肾上腺素上升，哪儿都不会去了。

102. 妈妈一开始就应该答应孩子的要求。按质按量地满足孩子的需求才能叫真顺和，否则就叫伪顺和。真顺和才能产生内啡肽，才能转化为孩子的内动力。

103. 父母总是不自觉地注重、要求孩子改变，而忽略了自身的改变和觉醒。这是危险的。

104. 已经过去的不愉快的事情，不要重提！因为这是负能量，这样的温习是画蛇添足，会引发恶劣的心理暗示。

105. 修复期就是保守期，不需要父母去促动，父母主要是矫正自己，不要孩子不顺自己心意就焦虑。无为而无不为，零期待吧！

106. 生日礼物呢？孩子的这个生日好寒酸！假如事先和我联系，我会给很好的建议，修复亲子关系。你们错过了一个最好的激励儿子的机会！这次错过就是一年。

107. （妈妈为了照顾休学的女儿，将一岁的弟弟送到老家。）将弟弟送回老家抚养是错误的。幼小的年龄最需要妈妈的情感滋养，男生尤其如此！姐姐对弟弟冷淡是表面的，姐弟关系是可以修复的。消极送远的隔离，将会是一辈子的隔膜。宁愿多花些时间，也要引爆掉这个情感障碍的地雷。否则终身遗恨！

108. 顺和孩子并不是顺从孩子，这样的情况，父母向正面去引导，如果不知道怎么回应，就傻笑，与孩子一起吐槽就行了。

109. 不要挑剔孩子！正因为他们有缺陷，所以才叫孩子。

110. （父母因为发生争执情绪不好，擅自取消了原定的第二日外出游玩活动。）孩子多失望啊！孩子有心无力的状态，也许就是过往存在的如此这般的连锁反应一个接一个的伤害、打击造成的。

111. （外出爬山遇雨，孩子实在爬不动了，要求返程，爸爸不同意并反复劝说孩子。）爸爸犯错误了，太主观了。孩子耐受力不是可以无限延长的。到这时候，爸爸就应该听从儿子的意愿了！实践说明，孩子的看法和建议是对的。今天是父母裹挟着儿子登山呢！下次你们还要不要儿子信赖你们？

112. 亲子之间的言语表达，能短则短，把需要表达的事情说清楚就行，不需要去替代孩子思考、替代孩子表达。

113. （在外吃饭点餐，妈妈约定消费总额。）父母可以从节约的角度进行引导，尽量不剩菜，不用打包，而不是仅仅从金额上来限制，那样孩子感觉父母处处把钱看得十分重要。

114. 你们可以开个家庭会议，将你们的收入情况向孩子说明，每月的开支预算列一个清单，如到外面用餐的预算、游玩的预算、购买图书和生活用品的预算等，这才是培养孩子的节俭意识与理财能力的正确方式。

115. 爸爸发火是不对的！可以语重心长，适可而止，但是不能步步逼紧。每次这样让肾上腺素冒顶一次，就是一次塌方，这种塌方很危险，多次之后，就会越来越危险，修复的能力越来越弱，修复的可能性越来越小了！妈妈也没有把握好！妈妈应该帮着孩子说话，要保护儿子，儿子才会信任妈妈。这次的父母合击，就让孩子觉得人生的意义暗淡了，后果会是什么，你们应该想得到。因为他是多次的反复了啊！难道你们还不警醒吗？你们开始麻木了。警惕啊！

116. 孩子的情绪安定都不是父母的教诲，而是父母的改变。温馨的滋养，才能安定情绪。

117. 父母不能因为自己的心意而锁住孩子的人生，他们不是父母晚年的保暖瓶。

118. （妈妈怀疑孩子以头疼为名借故不上学。）妈妈不要错怪孩子。因为她内心里不喜欢上学，肾上腺素就上升，心因性的头痛、肚子痛（痉挛）说来就来！而妈妈答应了要求，内啡肽上升了，肾上腺素就下去了，轻松了，缓释了，说不痛就可以不痛了。

119. 妈妈大错特错！孩子青春暴动，父母只能息事宁人！闹矛盾了，妈妈不接电话，甚或关机，就是火上浇油！

120. 妈妈又错了！任何情况下，再愤怒，妈妈都不能打孩子，一旦动手打孩子，冲突就升级了，场面就失控了。

121. 希望妈妈的心和力不要盯住儿子的学习和成绩，而是要关爱儿子的心理健康。

122. 妈妈要停止驾驭儿子，彻底做好自己！如果屡教不改，这个护航将会随时中止！你要把儿子逼到绝路上去吗？你是否知道，宁馨护航队伍中，有三分之一的家庭是已经上了大学的孩子，他们都是在高中阶段被父母逼迫太狠了，大学考上了，人也身心俱残了。要花两三年时间才能修复好！

123. 妈妈的躲避最自私！这不是亲妈的姿势！孩子的异常情态，很大一部分是妈妈的自私行为干预激发出来的。

124. 要戏说不要细说！永远不要去否定、打击孩子。

125. 该管的事情，妈妈却不重视！母爱的表达不纯粹，母性的滋养不充分，所以孩子对抗！

126. 妈妈做好自己！孩子爸爸的鲁莽，必须在父子冲突中解决。

127. 妈妈要真不敢说话就好了，问题是，您的无声的语言更糟糕！

128. 妈妈是儿子的情绪的引导者，儿子越是凶巴巴，妈妈越是要堆满笑脸！

129. 儿子虽然撒野了，但本质依然是在撒娇。妈妈太娇弱了。一个女子一旦生下了孩子，就必须承受一切，因为你已经是母亲了！

130. 是因为妈妈处处形而下，总是抛出负能量！同样，孩子更会感到家庭的压抑。

131. 孩子现在非正常，妈妈就不能用常态标准要求他。

132. 孩子的话很对！难道她就得天天高兴不能生气吗？意味深长啊！妈妈太在意孩子的情绪，明显又开始驾驭了！

133. 孩子既然已经来情绪了，妈妈再覆加情绪和反诘，就是雪上加霜啊！记住：人家还是青春期呢。弄不好，又是一场情绪暴动加塌方，一切前功尽弃要重新修复。本来第一周期可以结束护航的，难道还想继续第二周期护航吗？

134. 怜惜孩子！不要反感孩子。反感孩子是母性枯竭的表达。

135. 爸爸不改变，后果就是让孩子找不到出路。因为孩子肯定反抗爸爸的行径，但是，怎样才是为人夫、为人父的楷模？孩子没有榜样，就会紊乱，就没有活下去的意义。

136. 今后孩子爸爸不允许再说这样的昏头话了。血脉相连的父子，说这些是多么愚昧啊！况且您是研究生命的，应该更懂得遗传和传承的意义的。您自己也有丧失理智的时候，为什么就容不下儿子暂时的乏力呢？

137. 孩子和爸爸的对立，是在乎爸爸的表达，而不是仇视爸爸！爸爸应该主动缓解父子的紧张关系！

138. 我们常常抱怨孩子如何如何，其实自己就是这样的，孩子有时候是放大了父母的缺点，大多时候却远不是父母说的那么差劲。

139. 爸妈简直在胡思乱想啊，自以为是的气焰太旺盛了！你们的孩子在非常态，你们用的评估和指导全部是常态标准！差之毫厘，谬之千里啊！

140. 父母所谓的对错，是用自己的标准来衡量的，天知道自己的标准有没有错呢?

141. 爸妈做爸妈该做的事情，不要做孩子的导师、老师、心理医生……

142. 孩子们都是踩点的高手，爸妈的急性子和孩子的缓性子，确实有差距，爸妈要按照孩子的时间窗来行事。

143. 如果不是孩子发起的话题，父母和孩子的话题最好要正能量，不要涉及负能量。

144. 孩子青春年少，勇往直前，父母默默在身后陪伴就行了。孩子的精神需求有如天空中的云彩，爸妈捕捉到的时候，其实都是事后，所以，就不要费力气了，放飞吧!

145. 伦理范畴内，就没有道理可讲，只有情感所依。

146. 孩子的内分泌失调要引起重视，不要每天只为孩子做"写邮件"这一件事，重在执行力啊!

147. 爸妈的辛苦不应该与孩子的成长曲折直接挂钩，这里没有因果关系，这是逻辑陷阱，千万不要这样庸俗地处置。

三、夫妻关系篇

1. 孩子妈妈的贤淑，能缓释孩子爸爸的负面情绪。他肾上腺素过量了，需要内啡肽的平衡，所以，用温和的呵护整点内啡肽给他。

2. 跟孩子爸爸的对话过于谦卑，语气不像妻子，不像这个家庭的女主人，反而像仆人一样。夫妻的气场很微妙，一方强势一方弱势的时候，往往强者霸道弱者谦卑，夫妻关系就失衡，伦理氛围也是失衡的，孩子的情绪也是失衡的。

3. 妈妈用机敏来协调父子关系，很棒! 机敏是比觉悟更高的层次。

4. 这个爸就是一个大男孩! 今后就懂得了，找机会表扬表扬，激活内啡肽，就阳光了。

5. 亲子关系和谐，父子关系亲昵，这就是妈妈平衡得很好!

6. 妈妈不要用自己的设想去评估爸爸，不管他，他有他的难处! 体恤怀柔为上!

7. 夫妻互为镜子。你看他不顺眼时，他对你肯定也是不满，夫妻之间更多的是要相互理解、包容、尊重。

8. 妈妈善于发泄是好的，但不能冲着孩子爸爸发泄。

9. 非常时期，最好不要闹这些情感风波，谁都伤不起。"520"等所谓的节日很无厘头，很庸俗。

10. 把丈夫的内敛、沉稳当石头，那就是大错特错了！

11. 夫妻在孩子面前不要吵架。父子俩都不好下台阶时，母亲就都给他们台阶下，"你们一人少一句，都好好说话不行吗！"

12. 在我看来，孩子爸爸的不自信，完全是被妈妈的凌厉刻薄逼出来的。妈妈改变了，妻性、母性激活了，性情温婉了，孩子爸爸不改变才怪呢。

13. 因为夫人的强势，他没有办法成长。换句话说：孩子妈妈一手遮天把孩子爸爸锤炼成了伦理的侏儒！孩子妈妈退让、退让、再退让，让出空间，让孩子爸爸迅速成长。

14. 夫妻关系的维系不在乎形式，而在于情感的真诚的纯粹度，如果你们之间没有情感游离或者出轨的裂隙，那就应该努力密切夫妻关系！

15. 夫妻不和，是孩子成长的鸿沟。家庭不睦，是孩子的人生沼泽。

16. 时刻牢记：爸爸和妈妈的作用不同，一个是支撑力，一个是滋养力，所以态度和立场也会不同，爸妈建立统一战线，无论如何是不妥的。

17. 爸爸也是需要鼓励的。妈妈今后可能还要专门准备忽悠家里的两个大男孩。

18. 父亲与母亲是两个角色，父亲有父亲的思考与行为模式，母亲有母亲的思考与行为模式，母亲不要尝试去指导父亲怎么做，父亲也不要尝试去指导母亲如何做。

19. 妈妈要有"拈花一笑"的平常心！尤其是不要腹诽孩子爸爸！这不慈悲也不道德！

20. 给丈夫准备内衣，是妻子的职责，否则夫妻之间就没有相濡以沫的机会了！你可以不写邮件，但是要给丈夫准备内衣，男子汉就是需要妻子的呵护。

21. 妈妈不用对爸爸发火，他更难受！夫妻贵在互让互谅。你们两个发难对方，只会延缓孩子突围沼泽的时间！这是加害孩子呢。放下吧！

四、行为习惯养成篇

1. 要求孩子做的，父母要做在先。一个良好习惯的养成，至少要训练三个月。

2. 不好的习惯和行为，必须制止。制止不起作用，就温柔地坚持着！

3. 垃圾要清理掉，床铺要整理好，至于其他物品，不要移动位置，再乱，孩子都能找到自己的东西，但是被妈妈移动了就找不到了，就要找妈妈的麻烦。

4. 购置一个可以用来归置物品的精致的柜子，男孩必须养成整洁的习惯，不然真的找不到好女孩。

5. 家庭无教育，父母需要在养育上下功夫。在教育上下的功夫太多，孩子会反感。

6. 一早就看电视的习惯很不好，应该到小区里走走，呼吸新鲜的空气！

7. 一个坏毛病正在养成，在可能的前提下，还是要干预。养成悄无声息，矫正惊天动地！

8. 很好！不要勉强，从动议到能实施要21天以上，要成为习惯要90天以上。

9. 自控能力只能自己提升，由父母用经济控制的不是自控能力，是"他控力"。受别人控制的滋味是很不好受的，受不了的时候就会做坏事。先放开，然后才能收敛。

10. 慢慢来，改正一个不良习惯需要90天的敦促和矫正！

五、有关复学

1. 慢慢来啊！没有一蹴而就的护航，成长护航就是牵一头蜗牛去散步。

2. 很好！谁的青春不是熬出来的？能起来上学就是好汉啊！

3. 总觉得孩子们都好可怜，一方面是爸妈顾不上，一方面是老师紧逼，急坏了小心脏谁不心痛？

4. 世间没有后悔药，从头开始，从零做起吧。只要行动起来，就不晚。

5. 复学的时间窗还是紧闭的，远没有到时候啊，最好不要问，否则高敏防守，更加难以打开！

6. 很好！静候转机！孩子、环境、事物本身都充满了变数，变数就是希望。

7. 慢慢来，成长没有捷径，过去误导的曲折，现在都要还回去的，怎么走错，还得怎么走回来。

8. 可能孩子还会有一段时间的蹉跎，因为他的习性是能想到也很想做到，但是实施还是会充满挫折和反复，但终究会腾飞！

9. 注意身体，不要焦躁。内分泌要平衡，孩子突围指日可待。千万不要驾驭孩子！要放飞他的梦想。

10. 她的成长她做主，即使是折腾，也是做回自我，是自我的成长！

11. 上学不上学，不是父母的意愿，是孩子自己的决定。现在关键是让孩子做回自己，这个自己是什么样子，谁也不知道，因为孩子还在茧子里，破茧成蝶的时候才知道。

12. 如果孩子一直被父母驾驭，那么，不是她愤而挣脱，就是她得过且过，那都不是父母想要的结果。

13. 能去学校排练，说明孩子并不是排斥学校和团队，而是有心无力，内啡肽缺失而已！

14. 以我的评估，孩子不适宜现在复学。因为内心有障碍，复学后遇到阻力和挫折就会崩溃，会再次情绪塌方，还会休学，会造成更大的伤害和后遗症。以尝试复学的名义去复学，也就是试读，感觉不舒服就休息……没有压力，尽管难以复学，但至少不至于全面崩溃。

15. 难为妈妈作为倒数第一名的妈妈坐在教室里这么久。您要想到，倒数第一名都是扛铁旗的孩子，耐受力超强，耐挫折，耐挣扎，耐折腾！成功一定比前十名都要早。

16. 妈妈从长沙到北京，不是一个早晨就能到吧？别指望孩子是"飞机"，他需要慢慢来。

17. 坦诚地告诉孩子，爸爸妈妈接受你休学的现实，休学也要好好过日子。让孩子放下内疚、纠结等不良感觉。

18. 很好！复学的路，只有走过才知道它的曲折、艰难。复学的指导，只有具备深厚功底且有一套疏导功夫的人才能担当。

19. 复学第一学期是蹉跎期，半天半天地上，能上整天就是英雄行为了。

20. 姥姥说：孩子是复学适应症。内分泌的重新适应势必要打破休学时期的颠倒状态，内分泌一调整，免疫机制找不着北了，就会紊乱，疼痛因此产生。习惯复学之后就会好了！

21. （复学初期）孩子早晨睡眠不够，精神处于抑制状态，内分泌反应迟钝，内啡肽能量必然低迷，所以有心无力起不来床。妈妈灵机一动，转念之间，把孩子最高兴最期待的事情拿出来，并且应承下来，就像一束电光照射到了深幽的隧道，刹那间统统亮了，精神的软锁打开，内分泌被激活，内啡肽就蓬勃涌动，孩子的这个原本萎靡的早晨就被母性充沛的妈妈激活了。

22. 需要提醒，需要督促！她的复学机制的完善需要时间，就需要督促。

23. 烦躁了就休息，养好身心，整内啡肽！满血复活再读书。复学第一学期每周只上两天就算正常的了。

24. 每个休学的孩子都是被压抑着的，护航的第一个周期就是要释放孩子的自我，让孩子自己做主，所以第一周期里孩子的情况在父母看来往往是滑坡的。妈妈能意识到这点，就不惧怕"二月逆流"了！

25. 很好！复学比休学问题更多，复学后的两个月内都是高度敏感的危险期，到第三个月才能稳定。所以，护航要坚持到第三个月。

26. 不要做"转学下乡"的打算。孩子要上学，就是有目标，自己对自己都会有要求，而你们不要对他有要求！一如既往地照顾好孩子的饮食，身体健康是孩子坚持上学的基础和保障！过好暑假以及生日，是为顺利复学打基础！

27. 至于选班和选老师，只有一个标准：班级管理人性化的班主任。

28. 学校可以酌情开绿灯，但也不能无条件降低底线，否则孩子很难融入集体生活！最近两个星期内以稳定上学为主，对于作业的要求唯有先放一放了，但也不能完全不做。不写作业、不考试，是融入集体生活的一大障碍。

29. 能上学，孩子自然会上学，不想上学推也推不动。

30. 上学需要自信力的支撑，需要勇气和力量，需要相匹配的动力。

31. 周一是每个上学孩子的"特困日"，特别困，不是假的困。

32. （爸爸来到厨房，说："昨晚我翻了孩子的书，什么笔记都没有。"我劝他别急，要慢慢来。）终于看到爸爸出场了，却原来是挑毛病来了。从正常读书到休学，是一次坍塌，从坍塌到复学，是重建。复学才多久？孩子能坚持去读书，已经是英雄了。五月份的夏令营希望爸爸来回课。人间能有一蹴而就、一步登天的神话吗？哪一件事情不是积累成功的？

33.上午不去，下午去，今天不去，明天去！复学就这样，一个星期累计有两天上学就及格，父母的焦虑只会加速孩子"打退堂鼓"！

六、家庭环境篇

1.一点激情都没有的家庭，就像一锅凉凉的水，谁在里面心都是凉的。哪怕是高声嚷嚷几句也好啊！

2.要告诉孩子：其实，亲情并不是伊甸园，一家人必然会摩擦磕碰，不要在意这些过程！

3.很好！一家人都很从容淡定，和谐氛围！家和万事兴啊！

4.很好！夫妻齐心，其利断金。

5.（关于居室布置）色彩对于身心至关重要！对于青春期尤其重要，等到意识到不对的时候，已经晚了。人是在审美的磁场中成长起来的。没有审美的氛围，就等于沙漠。

6.一家人的笑声就是灵丹妙药！内啡肽满满的，女儿的抑郁在其中自然会被淡化。

7.孩子需要生活中有更多的激情，而这恰好是家中最缺乏的。

8.无规律的家庭生活，必然导致无规律的孩子！不成体统的生活设施，必然给孩子紊乱的生活。休学少年敏感失衡，对环境的要求相当高！护航复学是工程，必须要有安静宽敞的家庭环境。

9.哪里有什么家庭精神共同话题这么宏大的主题啊？家庭只有柴、米、油、盐、酱、醋、茶和吃、喝、拉、撒、睡，家庭只有互敬、互重、互让、互谅，只有共建精神和谐氛围。

10.是妈妈自己在急。即使他们着急，妈妈也不要急。妈妈就是一个家庭的恒温器。

11.没关系，家庭生活一切如常，不要刻意像演戏一样地去做。本真，平常

147

心，纯天然，服从本能！

12. 任何时候，先要管好自己的家，自己的家不好，你的亲人也会不安，甚至看不起你！

13. 姐妹俩的冲突，只能信任姐姐，交给姐姐处理，要逐步让姐姐管妹妹。

14. 赶紧把内务收拾起来，室内软装做起来。沉溺于自卑情绪是错上加错！唯有行动起来。

七、身心一体篇

1. 情绪好就是身心都好，是一好百好的事情。

2. 温馨、滋润！缓释、滋养！百事顺和。

3. 善良慈悲，永远是最好的人格资源。

4. 很好！平和宁静，温馨滋养，孩子会越来越好！

5. 多么和谐的清晨！就要这样地照看好孩子，他是心灵的重伤员，需要一级护理。

6.（妈妈痛哭一场）很好！终于有了一个机会痛痛快快地、有滋有味地发泄一通了。这就是倾倒负面垃圾的最好机会。

7. 太好了！总是想到别人，成全别人就是成全自己。心胸开阔的孩子，总是容易走出沼泽。

8. 快乐的情绪，就是内啡肽的生成器！

9. 很明显的负能量低潮期宣泄！这个闹腾会带来下周的好状态。

10. 很好！孩子的潜意识是完整、清晰的，没有障碍，只是内分泌掌控的情绪依然还是存在失衡障碍的现象，继续维护稳定情绪。

11. 孩子的害怕，说明他的心理状态目前已经升到了第二级：恐慌！比过去的第四级失衡（高敏）还是进步了两级。

12. 很好！能笑就好，笑能整出内啡肽啊，那就是能源和动力。

13. 这样的现象叫作"临寝恐慌"，是因为睡眠质量不好产生了心理失衡，导致的恐慌。

14. 很好！延迟满足，阻止欲求，增长耐受力！

15.妈妈身心周期中的低潮到来，疲劳积累需要释放，垃圾堆积需要清除！

16.情绪周期，没有关系！小事只是触发而已。就像一只鼓满气的气球，一个指尖点一下就会炸裂。发泄掉就好了。

17.身心疲劳周期，每个人都会有的，青春期状态更明显，而且周期之间间距的时间短！泡脚、按摩、汗蒸、温泉浴都可以消除。

18.请转告孩子，创作不是为了获得高评的，而是发掘自我的创造潜力，充实自我感觉、提升自我素养的一个过程！

19.烧退了，情绪就平和了！所以，身心是一体的。

20.很好！能恶作剧也是一种自我拯救。

21.（孩子去了鬼屋。）劣性刺激也是磨砺耐受力！不用担心。

22.孩子累了！不要期待孩子每天做乖孩子。零期待，就不会失望，就不会焦虑。

23.（孩子去健身房运动。）大汗淋漓的生活，一定不会有抑郁。

24.（女儿主动要求照顾表弟。）爱心就是渡过心劫的小舟。

25.今天孩子很亢奋，夜间的烦躁就是在释放心理垃圾。

26.针对非常态的孩子，这些精神大餐、心灵鸡汤不大管用，而且越是吸纳的多越是烦躁，还不如笑话管用，因为这些励志篇实际上都是压力，对内啡肽的分泌无益。这个时期的孩子需要的是情感的滋养，需要的是放松。

27.美图、美景、美歌……陶冶的是心灵深处的感触觉，对孩子确实是一次心灵的洗礼！审美就是治疗心结的灵丹妙药。

28.这是孩子人生最重要的一课，也是孩子即将走出卧室的铺垫，爸爸一定要多动脑筋、多思考。用父子间的言说方式，清楚地告诉孩子：大千世界，芸芸众生，会有很多温暖和好东西，是正能量，是温暖，是动力；但也会滋生各种丑恶的不堪的负能量，那就是垃圾！如果一个人总是关注负能量，慢慢地就成为了垃圾桶，周围的人便会敬而远之。如果总是关注正能量，一个人就会成为温暖的加油站，能够滋养别人，才会被周围的人所接受。

29.很好！孩子肠胃的麻木状态，说明孩子的免疫机制已在调整中。

30.告诉孩子不要害怕，运动劳损是必然的，每个生物体每时每刻都在损耗，机器也是。只有精神恐慌才是致命伤。

31. 每一次的躁动，都是一次蜕变。

32. 知进退而不执拗，心理状态平和！

33. 任何获得都可以是成功的体现，会产生成功的愉悦，就是整内啡肽啊。

34. 一天中能有一件美事，那一天就值得纪念了！

35. （孩子重温童年的动画片。）重新成长！把失落的"多巴胺"找回来！

36. 今后在生命存在意义的问题上，要多做开导，打开心结。比如说，妈妈要是能有110岁，妈妈现在还是年轻人呢。姥姥倡导更新期，60岁要翻新人生，重新激活自己。80岁不服老，90岁不要老，100岁还是老顽童……

37. （听音乐）很好！其乐融融。

38. 男生开腔力气大，不一定是暴躁。

39. （请教：跟孩子之间有什么游戏或活动可以增加彼此之间的沟通和生活情趣？）每个家庭都不一样，建议你们一家人打羽毛球或慢跑。如果有条件，就到球馆去打羽毛球，如果没有条件，就选择慢跑。生活本该平淡，平淡中见真情，运动可以加深彼此的情感。

40. 讲笑话是开解情绪的最好方式，每天每个人讲一个。

41. 生活情趣考验父母的智慧，比如：运动、文娱、栽花种草、做小点心、饲养小动物……

42. 记住：孩子发泄是好事而不是坏事！

43. 这样的身心反应可不妙啊！据我所知，浑身发紧是低钾反应，疼痛是免疫机制障碍，如果下次再发，必须去医院做内分泌检测和微量元素测查等多项检查，也可以中医调理。妈妈必须高度重视。

44. 购物能舒缓情绪，能治愈她的抑郁，为何不可？购买的东西多了，将来可以作为礼物送给别人。

45. 妈妈讨价还价，节约了一半的钱，治愈的效果也降低了一半，因为首先就有了不爽。

46. 妈妈的反思没有必要！这次是孩子的一次必然的宣泄！孩子一直在扮演乖孩子取悦你们，一直在做好孩子给你们看！她彻底崩溃，就是重塑自我的蜕变开始！

47. 一次尴尬的经历就是一次耐受力的磨砺，下次就不那么敏感了！

八、网络游戏篇

1. 游戏充值是个陷阱，希望父母把关。每个月的充值不能超过多少，父母要定好规矩。

2. 很好！网瘾不严重。但是，这个念头会时时拱动，一旦触发，就可能失衡崩溃。所以，妈妈最近上班要经常回家看看，多多陪伴。妈妈给孩子的温馨能起到良好的效果，孩子在妈妈面前就能平和心境。

3. 孩子对于手机、电脑……的依赖很重。所以，复学要先减缓这些元素，必须是孩子频繁出门，可以断开、控制住和游戏的千丝万缕的联系！

4. （一家三口联机玩电子游戏《我的世界》。）从游戏过程中，可以看到孩子对妈妈的关爱和呵护。这就是整内啡肽的过程啊！蓬勃的、饱满的、稳定的内啡肽，会使孩子的创造力更加丰富，会创造传奇！

5. 网络也是一个世界，孩子也在那里历练，他也会遇到挫折，也会挣扎，所以，家庭生活尽量平和宁静！

6. 打开WIFI，重新购置台式电脑。设备越是流畅，孩子越是能和网络划清界限，越是能把电脑当工具，越是能弥合亲子关系！妈妈处处防范女儿，来日女儿也会处处防范妈妈！你怎么做的，她就怎么还你。

7. 给休学的孩子断网，就等于断筋！妈妈错得离谱！

九、初恋篇

1. 显然，孩子把上学与初恋的情感联通起来了。有情都比无情好！至少孩子性取向是正常的，至少他不会滑到反社会人格的岔道上去。没有这两个危险的存在，就是希望。

2. 孩子现在被一张情网网住了，能有什么办法呢？只有好好养息，直到物极必反的时候，直到他幡然悔悟。现在动他情感这根弦，对他而言，就是翻天覆地的灾难。

3. 她的爱情她做主，妈妈无须插足！

4.很好！有爱比无爱好！不怕初恋，就怕失恋。不过，凭借她内外兼修的实力，被男生抛弃的可能性很小，但愿那位男生福星高照，不要被她甩了。

5.女儿有爱比没有爱好！不可能在象牙塔的纯净水中养育水晶宝宝！爱是经历出来的。

6.爱是成长的支撑架！

7.女儿如此恋情，是对父爱支撑力未达标或者是对父爱饥渴症的注解或者叫作控诉！

8.很好！妈妈不要着急，孩子在一天天好起来。初恋中的男生是特别的乖啊。

9.向外索爱的孩子，爱能给他内啡肽。

10.这个女孩并不一定就是你们的儿媳妇。不管她的家庭背景怎样，现在与他之间的情感是纯粹的，这就足够了。你们需要做的是，把她当小女儿对待。

11.很好！爸爸做得很好！要给孩子建立"初恋基金"。

12.他多希望爸妈能理解自己、支持自己的这场恋爱啊！没有爱情的支撑，他的青春期就会是绵软无力的。爱情就是他的内啡肽储蓄罐。

十、青春期成长篇

1.（我问女儿，为啥我刚关注到你在某方面天赋初现，督促你更多投入时，你却往往就放弃了呢？女儿说因为我感觉那时天分已经耗完了。）孩子的话，值得我们成年人深思。这个耗干天分就是父母过多督促、干预的结果。天分就如雨露，是慢慢渗出，积累而成的。父母的干预急功近利，就破坏了这个渗出的机制。

2.太好了！一切的纷扰和焦躁，都会在审美的平台上尘埃落定。

3.很好！青春期绝对不是淑女养成期。

4.青春期不痴迷一样东西就会痴迷一个人！迷恋能给大脑扩容。

5.青春期本身是失衡的，所以，看世界就是偏执的。

6.很好！孩子的朋友，爸妈要欢迎！尊重对方，才能有利于儿子。

7.青春期特征之一：特立独行，和庸俗保持距离！

8. 天下的孩子都是相同的，天下的母亲都是相通的，天下的母亲要爱天下的孩子！无论地位与状态。

9. 很好！审美的平台上，青春激情会产生奇妙的效应。

10. 同学关系是孩子的生命缆绳！

11. （孩子对名胜古迹兴趣不大。）青春期还是喜欢五颜六色的刺激的！

12. （针对女生安全原则零信任的解读。）外面的世界是美好的，同时也存在着不美好。一个疏忽可能会酿成终身遗恨，因为伤不起，所以谨慎第一。每个人还有本能机制在掌控安全阀门。这个"零信任"并不是不能相信他人，而是在相信他人的同时要保护自己，这不矛盾。必须严管身体的亲密接触。在陌生的环境，甚至是熟悉的环境，都尽量不要单独行动。

13. 孩子的状态是暂时的。他的青春万花筒才刚转起来呢。

14. 折腾中进步，闹腾中成长！这就是青春期特色。

15. 青春期的正常心理状态是，总感觉自己是众人的目光焦点，总感觉别人在讨论她。

16. 青春期的特点是，都很傲慢，瞧不起别人……

17. 青春期就像六月的天，风、雨、雷、电随时来！

18. 假如孩子不丢三落四，她就不是处在青春期了。妈妈的完美情结又复活了，打回去！

19. 青春期越是张扬恣意，自我的力量越是强大，而将来的成就也就越大。

20. 说多了！越说越烦！让孩子安静吧！安静独处也是青春期孩子的应有权利啊！

21. 没关系！青春期的逆反倾向，基本都呈现反社会人格状态。孩子得承父母的慈悲为怀的遗传，怎么都不会做伤天害理的事情。

22. 青春期孩子在外面和在家里是两副面孔。外面的是自我的面具，家里的是潜意识里的真我、本我！

十一、疾病防治篇

1. 过敏性鼻炎导致浑身不爽，是负面情绪的肇因。

2. 很多时候，腹泻是胃肠的崩溃性重建，是好事，千金难买六月泄，泻肚子也是排毒！

3. 这个季节（四月）本来就是头痛的季节，东风恶西风薄，说的就是这样的天气。

4. 须看孩子是什么体质！都是内火，有各种实症和虚症的区别，不能随便指点，要找中医把脉。

5. 手脚麻痹、冰凉，是气血不通所致，睡前用热水泡脚可以适当缓解，可以在洗脚水里加入几片生姜、几滴高度白酒，但不宜经常这样泡，偶尔一次即可。

6. 习惯性心烦，是身心障碍，需要科学调理，可以考虑喝杯糖水安神。可以用白木耳、雪莲子、雪梨水等平复躁郁。不要吃垃圾食品。

7. 冬季需要进补，妈妈在家可以炖羊肉、泡红枣茶，多吃鱼、大豆类食品。

8. 建议日常多吃大蒜，把大蒜剥好，炒菜时放入炒或煮几分钟，就很容易接受那股味道了，坚持吃，二十天后会有明显的效果！

9. 治拉肚子不吃药，吃白酒泡的杨梅也很好。每年杨梅上市的季节，买几斤杨梅过开水收生，然后用二锅头白酒浸泡，拉肚子吃几颗，很灵验！

10. 咳嗽，服用儿童版的糖浆，加倍一次性喝两支就行了！念慈庵枇杷露，含在口里，慢慢渗下去，滋润喉咙。或者蛇胆川贝液，还有就是梨子切开煮水加冰糖，每天早、中、晚喝三次，每次一个梨。

11. （孩子做噩梦，有轻微幻听。）尝试引导每天服用谷维素。谷维素是营养药，是从米糠中提炼出来的，保护心脏和大脑，提高睡眠质量！

12. 香附子磨成粉，用沙袋装着，煮瘦肉汤的时候加进去煮，煮好了捞出来丢掉。有开胃、养胃之功效。

十二、托翅艋篇

1. 哥哥姐姐不是优秀，而是合适。最重要的是要虔诚而为且有时间。关键还是要孩子喜欢！

2. 记得观察，凝神的时候嘴角不下撇，握握手，手掌是温暖的。

3. 这肯定是偏见！我们要相信孩子们。这是我们十余年来摸索的一个项目，非常安全。确实会产生感情，而且也必须产生感情才有促进力量，但是，却不会是男女恋情，仅仅是高于亲情低于恋情。一辈子的无血缘的兄弟姐妹之情。

4.很好！希望妈妈在群里分享一下找托翅艇姐姐对孩子的促进作用！有些家庭让他们找哥哥姐姐，简直是挖她家金山一样，艰难无比！完全不重视，不以为然，以为姥姥只是在和她们聊天。

注：托翅艇意义解读。

"托翅艇"音译于英文"torch man"（火炬手），意思是托起"翅膀"的"小船"。最初的名称是托骐艇，在《嘘！我们正在蜕变》一书中，也是叫做托骐艇，2012年修改为托翅艇。

青春是条河，可以春水潺潺，叮咚作响；也可能暗潮汹涌，危礁四伏。处于青春期的少年，由于荷尔蒙的分泌加剧，耐受力不够支撑，因而很容易导致失衡，很容易趟入那条充满暗流的河，于是"托翅艇"应运而生，我们将用自己的双手托起少年们飞累了的翅膀，划着小船和少年们齐心协力到达彼岸。

在宁馨文化里，"托翅艇"不是师长、心理咨询、说教者，而是朋友、伙伴、哥哥姐姐……我们的作用是安抚青春期少年的心灵躁动，以包容的爱心、温柔的关心、坚定的耐心和少年们手拉手趟过青春这条充满暗流的动力河流。

十三、人生修养篇

1.不要在意别人怎么说，或者是说了什么。奋斗者都是忍辱负重艰难前行的。

2.宁馨是一瓶矿泉水，她不能让你们十分兴奋，但却是最能滋养你们的！

3.很好！众多的优点，也含有负能量在内；所谓的缺点，有的也是正能量啊！自我强大是竞争必备，淡泊人生活得自在，自爱、自尊是形象根本，内敛尤其是优秀品质，小心、谨慎更是现代社会自我保护的最好的防护层……

4.我们没有一套套说起来"高、大、上"的理论，更加不提倡使用药物或其他"立竿见影"的理疗。但我们的指导是最接地气，最有可行性的，调整的不仅仅是孩子的行为，更是孩子的内分泌、心理以及整个家庭的情感关系，宁馨的指导直指心灵深处，"心病就用心药医"！

5. 精明的人忽悠人，糊涂的人被忽悠！智慧的人，洞若观火！

6. 人是社会的人，只单纯地与自己比，追求的幸福是理想状态下的幸福，犹如没有摩擦力的世界，也只有极少部分人能做到。

7. 芸芸众生，我们会自然、不自然地与他人比。与他人比，并没有错，只要能认清自我，能坦然面对比较的结果，就不是坏事。

8. 少听闲言碎语，勿论他人是非。鼓励孩子，与跟自己有相同思想境界、相同价值观念的人交往。若无，就读书，与书交往。有思想的人，在某种程度上都是孤独的。

9. 决定人生的是审美观。审美观比其他三观有意义得多，也更加直观、形象。

10. 不要失望，日常生活就是流水，不要期待，不要失落！

11. 依凭自然物而创作的艺术品，总是个性生动、耐人寻味的。

12. 一切苦难都会过去！熬吧！煎熬出人才，过后回想，这样的煎熬是甜的。

13. 有些书看着好，但都是弦外之音，甚至是精神鸦片的心灵鸡汤，还不如发呆对身心有益，理清楚自己的思路，进行分拣储存、排列组合。那些演绎自以为是的书确实浪费时间。

13. （在女儿的要求下，妈妈给孩子看剖宫产的刀口。）很好！这是虔诚的生命的体验，更让孩子感受到生命的尊贵和厚重。

14. 用时间来积累正能量的磁场，用时间来消融负能量磁场的纠结。

15. 人生只是一个无痕的过程，得意和失意其实并无界限！

16. 心灵稍有迸散，背上就是枯骨！长堤溃于蚁穴，短板决定局势。

17. 一步不到位，万事成蹉跎！

18. 要记住宁馨的原则：顺和！顺遂！顺应！一个字：顺！

19. 不要在意别人的眼光和说法，活出自己的精彩，有一天让别人仰视吧！

姜震　辑录

附录2 萧老师邮件评阅摘录

一、邮件评阅（节选）

（一）睡眠

（1）大约凌晨一点，孩子跟妈妈上床，孩子很疲惫，很困。但是因为心情不好就硬撑着不睡，看手机。可实在撑不住了，大概半小时后睡着的。

——高敏状态的孩子，必须把自己折腾到完全透支。

（2）早上妈妈7点10分叫醒孩子，孩子不耐烦地说再睡5分钟，7点15分妈妈再来叫孩子，孩子哼哼唧唧的，也不知道在说什么，妈妈心中觉得今早可能又起不来了，妈妈问是否需要帮助穿衣服，孩子说嗯，穿好了裤子，要坐起来穿衣服，孩子被妈妈扶起后又躺了下去，妈妈问怎么回事，起得来吗？孩子说起不来，妈妈就说那下午能起得来吗？孩子说再看，妈妈就没说什么出去了。

——这种起床是很痛苦的！简直就是酷刑！没有睡醒就被强制叫起来，内分泌肯定失调，免疫机制会发生障碍！

——叫一次就行了！越是催促越是拖拉！妈妈得好好琢磨青春期心理啊！

（3）下班后感觉很累，我就躺在沙发上歇一会儿，很冷。

——困了就到床上睡觉，从父母开始做起，大多数父母就是这么随意，却看不惯孩子"饿了吃，困了睡"的原始状态。

（二）心态

（1）婆家所有人问我的都是一句话，留一级就能保证孩子好吗？我很无语，也很无奈。有时感觉自己都要坚持不下去了，可为了小宏我也要坚强，不管前面的路怎样，我也要走下去。

——他的成长他做主！妈妈就是保护儿子不受亲情伤害的盾牌！

——宁馨是你的坚强后盾！姥姥是你的保护伞！

（2）终于得到了蜗牛关于护航的答复，定了日子开始护航，冥冥之中是不是预示着未来的路会越来越顺利呢？

——但是曲折也很多！宁馨不是保险箱，宁馨是父母的练兵场，妈妈要承受痛苦的磨砺！零期待是第一原则。

（3）和认识的主任在一起聊天说起孩子，她女儿在加拿大读博士，我说好棒，她问起我的孩子，我说别提了，这是我的痛。这句话以前也用来搪塞过别人，对方没有再问，我在思考自己为什么这么说呢？可能是因为我不接纳，觉得不光彩，以后再有人问我孩子，我就说她现在在家里，不舒服，或者身体不好在疗养？

——随便打听人家孩子怎样怎样，是民族的劣根性在作祟，是比较，所以，以后妈妈就说孩子在一对一补习外语！

（4）老公打电话说不回来吃晚饭，我有些累，想着又要洗菜、摘菜、炒菜，全部都是我一个人做，不免有些气馁。

——原来是个娇娇妻啊！

（三）青春期

（1）我不淡定了，我们只是普通家庭，女儿有公主心，一切都想要好的，我很头疼。

——妈妈适应。不是孩子大手大脚，是妈妈小头小脑！

（2）孩子最近其他的还好，就是已经好长时间没洗澡了。他爸爸叫他去洗，他有时说好，但就是不去，有时说不用。

——这就是重度的身心障碍症啊！因为情绪导致的内分泌紊乱，进而导致免疫机制的障碍，这比黑白颠倒的作息更加糟糕，因为这个身心症的修复非常艰难。

（3）他吃完去书房玩手机了。过一会，他过来上厕所，孩子爸对他说你顺便洗澡吧，我给你拿好衣服了。儿子说不用。他没有洗。

——孩子潜意识里的个性执拗、刚愎，对于所有来自亲人的安排一律排斥。从现在起，禁止任何人以任何形式敦促孩子洗澡！直到他自己被臭汗熏到忍无可忍，主动去洗澡！否则形成一生的痼疾，影响他一辈子！

（四）伦理

（1）爸爸喝酒回来，喝的不是很多，进门就喊孩子，孩子显得有些兴奋，父子俩闹腾了会，爸爸让孩子做仰卧起坐，孩子很配合，互动得挺好。

——虽说父子互动是好事，但父亲喝了酒就不该再去刺激孩子，酒精的味道对任何一个人都是不良刺激。酒醒了，清洗干净才适合家庭互动。

（2）孩子躺床上不愿去学校，对爸爸说脏话，爸爸急了，踹了孩子两脚，孩子哭喊着，妈妈劝爸爸不要打孩子了，爸爸其实也不愿意打他的，就怕他这样下去会荒废掉。

——这样的局面不改变，父母的观念、方式不改变，你们很快就会控制不住局面。越打越怯懦，越是宽容越是儒雅。

（3）睡觉前孩子来电问爸爸问他了没有？我说问了，孩子说我爸从来都不想着给我打电话，有些失望。

——每个孩子都很在意父亲的评价和关爱，可惜父亲令儿子失望了，打个电话是人之常情啊！父亲连常情都忽略了，遗憾！

（4）我希望孩子以后说话不要这么大声，别说脏话，孩子答应了，爸爸和孩子的情绪平复了许多。

——道理谁都懂，但是做起来就很困难，你们生气时不也控制不住情绪吗？孩子也是如此，肾上腺素爆棚的时候就是魔鬼，他也刹不住车！孩子的脏话习惯也是父母惹出来的！孩子的人品就是父母的影子。

（5）我在女儿休学回来之初和她拟定条款，看了萧老师的"顺和"理念以后，想到这些条款可能不太合适，但如果不执行是不是太纵容和溺爱她了。所以想请教一下，是要继续执行还是要改进？

——彻底废除！家庭亲情是伦理关系！不是契约关系！不要污染了伦理亲情！

（6）被子没有折好，衣服也散落在床上，书桌上很乱，吃过的玉米棒子还留在书桌上。看来是在房间边看电脑边吃的早餐，没有喝牛奶。我说："被子没有折哦，桌上也很乱。"她说："好，好，等下会搞。"我于是出了房间。

——第一周期是父母的"新兵连"，应该二话不说，干净利索地收拾好孩子的床铺和桌子，让女儿有歉意比女儿承诺要有用得多！

（7）过了大约半个小时，我到女儿房间，看到她床上被子是折好的，但衣服还是散放在床上，桌上也乱七八糟，文具散放一桌，垃圾桶也是满的。我说："我看到你的桌子还是很乱哦，我看了很不舒服，能不能收拾一下？"她说："蛮好的啊，你不看就是了。"我说："可是我看了觉得很乱啊，收一下啦。"她说："那只是你的感觉，我觉得没事，你感觉乱那是你的感觉有问题。"我很无语，顿了顿没有再继续这个话题。

——宁馨第二原则：闭嘴！好妈妈只做不说！

（8）儿子半夜两点多就起来，我也起来，儿子说你快去睡。我去睡了，儿子自己弄了一点吃的。

——很好！妈妈起床是关怀，坚持！儿子自己动手，是能耐增长，支持！

（9）儿子不知怎么回事，没事就爱使唤我，弄得我很烦。

——妈妈这么小气啊！这么计较啊！儿子神志不清了，就不会麻烦妈妈了！儿子麻烦妈妈是妈妈的福气，说明你儿子还是正常人！

（10）这次的交流还算平和、温馨——爸爸对妈妈足够包容，即使妈妈对他理解、耐性、温情不够，而妈妈也足够坦诚（坦诚自己目前仍然没有放下对爸爸的改造欲望）！

——于孩子而言，父亲和母亲是青春战车的两条轨道，不能交汇，所以无需统一！

（11）在上班处，妈妈给"港湾"小家群发问候语"亲爱的家人们，早上好，此时，我正在想你们哦"和飞吻表情，接着又给两个大家庭群送温暖，然后又给孩子发红包配文字"每一天都想要抱抱你"和两个可爱的表情"托脸傻笑"以及文字"你是爸爸妈妈的宝贝"。

——红包可以，煽情的电子鸦片要减少，否则，将来会造成孩子的情感失衡，女孩子们都会索爱的，谁能接班妈妈的浓情蜜意啊！

（12）孩子邀请爸妈去看电影，爸爸瞌睡难抑，妈妈肚子痛。

——还真就身心反应了呢？这都是惰性的条件反射，劣根性顽劣到骨髓里了。对于孩子来说，爸妈半斤配八两都不靠谱！抽身陪儿子看个电影回来，地球会停止转动吗？

（13）父母和孩子在家各做各的事，感觉孩子似乎不需要父母的陪伴。

——父母在家里搞出来的"声音"就是一种良性的刺激，不一定要求孩子做积极回应。

（五）饮食

（1）中午孩子妈妈先到家，孩子已在做作业。孩子说她是11点多起床的，但没吃早点。

——对于孩子来说，这是最危险的事情，长时间不进食，就会莫名其妙地乱发脾气，就会烦躁。

（2）我忙到中午11点半，孩子爸爸回家了，我和他说我要做事，请他帮忙热下饭菜。昨天的晚餐剩下不少，热热就可以了，于是我进房间继续办公。

——有孩子在家，午餐是绝对不可以马虎的！至少要有一个新炒的菜！

（3）回家路上，孩子爸爸到超市买柠檬菊花茶，我和孩子回家。我在服鱼油时，孩子突然冒出一句：鱼油入我心，戒除药物瘾。惊喜不断呐，真好！老天有眼，姥姥保佑。

——精彩啊，这是孩子对生命的咏叹呢！

（六）游戏

（1）我身体不适，儿在玩游戏，我在里屋喊儿帮忙倒杯水，喊了两遍，儿也没吱声，再喊，儿说："你还烦啊！"我说："妈妈生病喊你帮着倒杯水不行呀？"儿说："不行。"我听了心里挺难过的。

——游戏就是战场，孩子不能下火线，四面八方都很多人在协作啊！

（2）孩子爸爸说刚进去看他在玩游戏。孩子爸爸说今天看报道说《王者荣耀》毁了中国青少年，我说有这么严重吗？孩子爸爸说报道上说这款游戏就像精神鸦片，真担心孩子迷恋游戏走不出来。

——爸爸不要这么思考，游戏只是孩子成长中的一份滋养。10年后，社会生活和规则，都会游戏化，我们都成老古董了，孩子们精通，会成为我们的导师！

二、邮件评阅（完整）

6月18日

今天周末，小宏睡到10点，我给他做了简单的早饭，吃完饭就赶到医院。

——早餐的内容是什么？面？馍？粥？要写清楚啊！马虎就是糊弄自己，耽误的是孩子。

我早上起床打扫卫生，看到小宏答应昨晚洗的袜子没有洗，答应看的书没有看，我有情绪，路上没有和他说话。

——妈妈一定要破除这些成见！孩子在塌方状态，重新成长，宛如婴儿，所以这些事情都不在他的心理版图之上了。

对于孩子总是把事情今天拖明天，明天拖后天，我有些生气。孩子在家快20天了，几乎不学习，开始我想让他休息休息，可发现他开始还有些着急现在倒坦然起来，我不由地焦虑了。

——孩子一旦塌方，便如流沙，岂能说刹车就刹车的？世界上的事情都这么简单，那么，就无须我们"成长护航"专业人士的存在了。

——零期待！零期待！彻底放下期待！让孩子做回自己。零期待的解释是：无为而无不为！

——这正是重新成长之前的塌方效应。

小宏在医院打针，拿出来一本书，打开看了两分钟就扔在一边看电视了。我在旁边看我的课件，内心有情绪，没有办法让自己平复，不想说话（我经常会在有情绪后不想说话）。

——这说明孩子在挣扎状态，他内心焦虑太多。妈妈不应该焦虑，应该接纳。这是青春蜕变的正常状态，也是护航家庭都会遇到的迷惘。挫折和挣扎，磨砺的是孩子的耐受力！妈妈要坚持"受！赎！熬！忍！"

回来的路上我们一起去吃了他想吃的剪刀面，一路没怎么说话。到家小宏又开始看电视，我回房间看课件。

——很好！不说话是正常的，妈妈要接受这个现实，是孩子长大了的好事。

五点多，我开始做饭，煎饼、高粱燕麦江米绿豆粥、土豆丝、蒜泥茄子，做好了叫小宏和爸爸吃饭。

——很好！

我没胃口回房躺下了，小宏端了一碗粥放在我的床头柜上，让我喝点粥，就出去了。

——妈妈"没胃口、回房、躺下"的做法非常损害小宏的心灵健康！这不是贤妻良母应该有的样子。哪怕是喝一口粥，也要坐在桌边陪伴孩子进餐。妈妈弃餐躺下的氛围，孩子怎堪承受啊！要知道，娇娇妈养育出来的必定是弱势的儿子。

——戒！戒！戒！可见平常妈妈犯下不应该的错误还自以为是呢。

——总让小宏这样，等于妈妈向儿子索爱，这对儿子的心理健康很不利。

小宏继续玩手机，我听他爸爸说他，你这两天是不是放不下手机，小宏没应声。

——爸爸错！刚刚休学的孩子，内心充满了恐慌和紊乱，手机是他唯一的定心的寄托！孩子都是毁在父母的自以为是的教导里。

——不说！让他自己调整过来！青春期就是这样，父母越是告诫，孩子越是执念。

今天白天和小宏的沟通不多。我给小宏写了一段话发给他，内容如下：

亲爱的小龙仔：

有时真是感觉该说的都跟你说了，该懂的你都明白，还说什么呢？说了你也烦，不开心。可妈妈真的不想看着你颓废下去。

——妈妈的结论非常错误，蜕变的挣扎是正能量，怎么说是颓废呢？

我想看到阳光、积极、上进的龙龙，我想看到不管结果怎样，都执着努力的龙龙。你的路还很长，现在只不过是一个人生的起点，你就这样被打败了？

——怎么能这么说呢，这不全整肾上腺素了？

妈妈不甘心，我相信我的儿子会好的，不管结果怎样，我都会站在你的旁边陪伴你，支持你。其实妈妈有时也感觉自己支持不下去了，可想想儿子，妈妈又会满血复活。因为我是你的妈妈，你是我的儿子，我要坚持。

——这样的信，妈妈不可再写！很明显，妈妈的焦虑非常严重，做法也非常错误，整个一个痴迷驾驭儿子的刺猬妈！

——放手！放手！放手！接纳！接纳！接纳！

——孩子的身心症，就是被"刺猬妈妈"长年累月的否定、责难刺激出来的。

6月19日

今天周一，要早一些送小宏到医院，早上起来热好饭，叫他起床他不起来（昨晚说好的），我有些生气，叫他的语气不太好，他很不高兴地起床，吃饭。

——青春期少年早晨起不来床正常。让孩子再睡睡，用不着生气吧！妈妈要做到不生气，那就必须零期待！当然，零期待是一种素养，不是说说就能做到的。零期待是耐受力，需要在痛苦中磨砺出来。

——还很有可能彻底塌方，可能会有黑白颠倒的那一天到来。当然都能矫正过来的。休学时间长的孩子，都有过晨昏颠倒的一段调整时间！"饿了吃，困了睡，一切回到原始状态（本能形态)！"

——如此这般的塌方就好了，塌方距离重建就不远了！

我送他到医院，办各种手续。中午我们叫的外卖，一起吃了饭。吃完饭和小宏聊天，他说我欠了他的钱（那天钱包没钱了用了他的钱），我说他是"白眼狼"。孩子生气了，有点激动，想流泪，我立即闭嘴，我们没再说话。

——刺猬妈妈又委屈孩子了！往日说说孩子，也许还不大要紧，今天孩子刚刚休学，成为了彻底迷途的小羊羔，妈妈还这样刺激他，孩子不流泪能做什么呢？

——孩子爸爸本来就缺乏支撑力，妈妈的滋养里面还掺和了那么多的沙子，小宏过的哪里是正常日子啊！

中午送小宏回家。下午去给小宏办休学手续，心情很沉重。班主任和年级主任签完字，我去找校长，走在学校的天井下，我看着蓝天，眼泪哗哗地流了出来。

——妈妈作为事外人都如此悲哀，想想孩子是当事人，会做何种反应呢？他是在撕心裂肺地痛，天旋地转地迷失啊！

半下午孩子来电问办得怎么样了，我对他说了情况。

——辩证地看，休学是好事！是在拯救儿子呢。对于身体健康和学习，当然是选择健康啊！欲擒故纵！欲扬先抑……当妈妈得用上辩证法啊！

下班回家，小宏爸出去应酬了，小宏在睡觉，我做好了饭，没有叫小宏起床吃饭。

——很好！让孩子睡到自然醒。睡眠，特别是深度的足量的睡眠，就是修复免疫机制的最好的载体。

21点多他醒了，吃了点饭，说要下楼转一圈，转回来学习。他出去一会就回来了，看我在学习，他去客厅学习了，看了半个小时的书，过来告诉我他还想出去转。出去了20多分钟就又回来了，紧接着孩子爸爸也回来了，他们商量一起看电视。早上起来父子俩在沙发上东一个西一个呼呼大睡。

——孩子两次出门，是为了透气。妈妈所看到的孩子在看书学习，其实都是假象，内心里乱麻翻腾，他能看进书吗？

——通常这时候，都是父母带孩子外出旅游散心呢。

6月20日

早上起来，给小宏凉了一杯水，洗了一个桃子，饭盒里放好了粥，我到小宏学校办手续。

——很好！孩子要养成良好的生活习惯，起床后，请给孩子半杯温开水，用保温杯装好放孩子床头，并叮嘱他起床后喝。

10点，小宏打电话告诉我他起床了，开始吃饭了。10点半小宏问我早上去学校怎么样，我如实告诉了小宏我昨天和今天去学校的心情，小宏告诉我他知道了，我们就挂了电话。

——应该告诉孩子：一切顺利。妈妈回家再说细节好吗？

——妈妈的这种如实告知，就是刺激儿子；再加上自己悲哀情绪的描述，就是越描越黑了。实际上就等于用自己的焦虑去伤害儿子。好残忍啊！贤妻良母应该是眼泪往肚里吞，孩子休学等于重伤员下火线，不但不能刺激，还要好言好语鼓励儿子呢。

——如果你的父母一天到晚这样对你，你会怎样？

中午因身体不适去打点滴，下午1点半去教育局给小宏办休学手续，然后回单位上班，刚进单位电梯，小宏急匆匆地来电说："妈看看微信，我给你发的东西。"放下电话看微信里小宏发的图片是他自己做的炸土豆条，还有蘸料，真心不错，给了他一个赞。

——看看！你拥有一个多好的儿子啊！

晚上加班回家晚了，小宏让我陪他看会电视。孩子爸爸回来了和他谈判看什么电视，我就回房间学习了。他们的事他们自己商量解决。

——其实，小宏更需要妈妈的陪伴！儿子的问题是妈妈的障碍！

——拯救小宏，迫在眉睫，请暑假带小宏到鄂尔多斯草原魔法树写作夏令营来，让他在姥姥和蜗牛哥哥身边，来一次青春蜕变优雅转身吧！请赶紧联系蜗牛报名。蜗牛现在还在草原上勘察营盘呢。

6月21日

今天早上因打针没有及时发邮件，抱歉！

——没关系！只要是到姥姥这里的事情，错一百遍都好说。姥姥是金刚不坏之身。但是对孩子来说，错失丝毫都不行！

姜震　辑录

后　记

这是一篇迟到了太久的后记。一向快手的我，面对电脑竟无法集中精神，不经意间，思绪万千。

我也曾数次不成文地写过千余字，但每当编辑完一篇"我与宁馨的故事"征文，我的那些文字便在心里变得苍白。数十篇征文，无论是护航家庭，还是丹心馆的旁听生，不管征文写得文采飞扬，还是随心所欲，我从中读到的，都是浓浓的情、深深的爱，都是对宁馨、对萧芸老师无尽的感恩。透过一位位宁馨人的诉说，我看见了曾经熟悉的萧老师，也认识了一位慈爱的"萧姥姥"。与萧老师分开8年，8年前的一幕幕电影般地在我眼前展现，每一帧画面都那么鲜活、生动。

初识萧芸老师，是新世纪的深秋。听说副刊部来了一位新编辑，一位经历颇为传奇的湘妹子。甫一见面，我便记住了那双弯月般时刻含笑的眼睛。只是，传说中红椒一样火辣的性格呢？说起话来柔声细语的她，会是那个敢于上书帮助全国知青争取应有利益的萧芸吗？后来，我们渐渐地了解了她，为了一篇报道的真实、深入，她不惧危险深夜乔装暗访；主持编辑"法律广场""情感空间""人在旅途"等多个版面的同时，创立"家周刊"和"心灵航线"（兼顾热线）两份专刊，在主持"心灵航线"的过程中，萧芸通过接听热线拯救了17位自杀者。她，真的是那个敢想、敢闯、敢干的萧芸！

2005年5月，萧芸的选择令人大跌眼镜：她辞去了许多人向往、艳羡的副刊编辑工作，发起了一场"成长110百城义行"公益活动，她要圆"成长110"的公益梦想。

自此，我便和萧老师失去了联系，只断断续续地从同事那里听说，她为"别人家的孩子"付出了自己的全部：工资、公积金、稿酬、购房款、亲友馈赠、女儿支持，甚至别人赠送的礼物都被兑换成现金……总计70余万元，而自己则一直住在出租屋里。有人为她惋惜，不明白她为什么要"自讨苦吃"，我虽然感叹着她的大爱，却也因为身边少了一位和蔼博学的老师而怅然若失。我整理书橱，看到萧老师签名的那本《疯狂铁汉流浪妻》，总是忍不住再翻看；工作累、不想动笔的时候，想起萧老师曾经对我说的，"大冷天3点钟也会爬起来写稿，灵感不是想来就来的"；每年三四月，院子里的紫苏发芽、长大，枝叶舒展，又会想起2005年春天，临别时萧老师递过来一包种子："送你一样好东西。"这个好东西就是来自湖南的观音紫苏，在我家小院疯长数年。命运眷顾，时隔8年，我能有机会与萧老师再次相见。2013年的妇女节，和单位的姐妹们一起去大蜀山登高，下山的路上，竟然遇到了来这里散步的萧老师。我高兴得跳了起来，快步跑向萧老师，萧老师一如既往地笑着，轻轻柔柔地说话，没有一丝陌生，分别，好像只是昨天的事情。

我这才知道，多年以来，萧老师自驾去全国各地做讲座，马不停蹄、废寝忘食地将全部的心血都浇注在"成长110"的大旗上，行走30余万千米，走过了150余座（次）城市（部分城市是二进、三进，甚至是四进），完成139场讲座，受众达80000余人次，援助问题家庭10000余个，引领遭遇严重成长紊乱的少年1600余名，引导他们的家庭矫正观念、端正态度，引领这些少年重新回到正常的人生轨道上来。20余名孩子自主创业，30余名孩子入伍，到部队锤炼，1600余名孩子无一犯罪、啃老，无一有精神障碍。这些令父母忧心忡忡的少年，他们或继续学业，或入伍当兵锤炼意志、品质，规避了人生悲剧的发生，成功蜕变得比过去更优秀。最早护航的孩子们，现在已经是职场精英人物了。萧老师宣讲的"不是孩子的错""青春是一场蜕变""初恋不是早恋"等保护青少年身心健康成长的新鲜观点，也引领了众多迷失方向的父母的思想。

便捷的通讯方式成为连接萧老师和我的桥梁。虽然各自繁忙，但有了开心的事情总忘不了彼此分享。于是，我知道了丹心馆的成立，知道了宁馨的蓬勃发展。我心中暗自为萧老师高兴，她始终坚持的事业终于不负初心，结出硕果，更为青春期的孩子们高兴，有了萧姥姥的护航，他们的成长之路将会走得踏实、稳健！

令我惊喜的是，2016年，宁馨将新开的工作室设在了合肥！萧老师说，合肥是她的第二故乡，对于合肥，心中的情结始终难舍。2016年5月27日，我如约去拜访萧老师。大蜀山脚下的绿城桂花园里，鸟语花香，徜徉其中，心灵不自觉地便会沉静许多。"萧老师果然就是萧老师，工作室的选址都这么精心。"我不禁心中暗自赞叹。

打开房门，未及言语，萧老师已经张开了怀抱。紧紧拥抱着萧老师，感受着身与心的温暖，我的眼眶湿润了，这是久别亲人的重逢。叙旧、聊天，感慨着世事的变迁，惊喜着彼此性情的不曾改变。那时，合肥工作室内装尚未完成，但已风格初现，果绿、嫩黄，处处彰显着春天的气息，呈现出勃勃生机。

"我的小同事。"萧老师爱这样介绍我，听来总是那么亲切，仿佛十几年的光阴不曾消逝，却又沉淀出浓浓的情感。感谢命运安排我成为萧老师的同事，使我得遇一位充满大爱的老师。感悟萧老师的教育理念，聆听她的讲座，参加她与护航家庭的面谈，我学到了很多，同时也常常自责：对孩子，我做到萧老师要求的顺和了吗？自己是一位有滋养力的母亲吗？我一直信奉着流传很广的那句话，"女孩子富养，男孩子穷养"，于是，儿子心仪的玩具、喜爱的食物在我这里首先便形成了理念：不能全部满足他的要求，否则会如何如何。想当然地为他买来我认为有意义的书籍，对着只上幼儿园小班的儿子说了一大堆所谓的道理，儿子一天天乖巧，我却没有意识到他幼小的心灵已经受到了伤害。直到有一天，颇具电脑天赋的儿子在学校比赛获奖后，没有和父母说一声，就以"我们家没有钱"为由拒绝了老师让他继续冲击全国比赛的要求。儿子告诉我这件事时，已是多年之后，他已结束高考。我除了心碎，剩下的只有悔恨。回忆起每次儿子将学费单递给我时怯生生的眼神，我恨自己的大意，我是多么愚蠢的妈妈！

"好言好语、好吃好喝、闭上嘴巴、打开钱包"，萧老师的顺和十六字原则让我醍醐灌顶，我要做一位真正有母性的妈妈。宁馨群里，萧老师最爱发红包，给大家整满满的"内啡肽"，我现学现卖，儿子生日、儿童节、青年节，甚至双十一光棍节，我都会给他发个红包"意思一下"。平时，儿子看上了什么衣服、鞋、帽，我跟在他身后只管付钱。看似放纵的疏于管理，并没有让儿子大手大脚，做事反而变得很有计划。他看上一把好吉他，用歌唱比赛获得的奖金付了首付，剩下的自己假期打工挣钱分期付款。

写到这里，我好像明白了为什么宁馨人喊萧姥姥时总是那么自然而然，那么发自肺腑，有多少次，我也差点脱口而出"萧姥姥"。别人眼中的"问题少年"在萧老师眼里都是独一无二的好孩子，许多自以为是的妈妈在萧老师的滋养下找回了母性，这是萧老师的魅力，也是宁馨的凝聚力。

　　我忍不住又一篇篇点开"我与宁馨的故事"征文。"大爱""无私""纯粹"……萧老师的担当家长们知道；"严于律己，宽以待人""亦师亦友"……萧老师的慈祥家长们也知道。大家想不明白的是，一个人，怎么可以高尚如此？

洪　欣